KB164525

싱커

Syncher

Syncher

싱커

배미주 장편소설

창비

차례

프롤로그 • 007

1장 • 009

2장 • 027

3장 • 046

4장 • 067

5장 • 077

6장 • 091

7장 • 109

8장 • 125

9장 • 137

10장 • 151

11장 • 165

12장 • 180

13장 • 199

14장 • 212

초판 작가의 말 • 234

개정판 작가의 말 • 237

프롤로그

21세기 중엽, 유럽연합과 미국 등의 강대국에 대항해 출범한 동아시아연합은 이미 포화 상태에 이른 지구를 벗어나 새로운 삶의 터전을 찾을 수 있을지 모색하기 시작했다. 물도 공기도 푸른 식물도 없는, 어쩌면 지표면에서 살 수 없을지도 모를 외계 행성에서 자급자족하는 시스템을 구축할 수 있을까? 이를 실험해보기 위해 동아시아연합은 일단 지구상에 '베타지구 프로젝트'를 실현해보기로 한다. 거대 지하도시 '시안'과 열대우림을 그대로 재현한 '신(新) 아마존'은 이 프로젝트의 결과물이었다. 초국적 기업의 전초지였던 한반도가 장소를 제공했고, 전 세계 자본들이 앞

다투어 몰려들었다.

서기 2060년, 지구 온난화에 따른 해수면 상승으로 영토를 잃은 국가들이 동맹을 맺고 동아시아연합에 선전포고를 한다. 이른바 '영토전쟁'이라 불리는 제3차 세계대전의 시작이었다. 그리고 2063년 치명적인 바이러스가 다시 한 번 인류를 공격한다. 당시 시안에 본부를 둔 초국적 제약회사인 바이오옥토퍼스는 백신을 개발, 바이러스 퇴치에 성공하는가 싶었지만 바이러스는 변이를 계속하면서 인류를 몰살 지경으로 몰고 갔다. 마침내 2068년 시안은 봉쇄를 선언하고 지상 세계와 단절한다. 미처 외계 행성에 베타지구를 건설하지 못한 인류는 시안을 대안 공간으로 활용하기에 이른다. 그 후 지표면은 급속도로 얼어붙어 빙하기에 접어들고, 시안은 지상을 잊은 채 평화를 구가한다. 바이오옥토퍼스는 자사가 개발한 장수 유전자의 특허를 무상으로 시안 시민들에게 내놓았고, 이에 대한 공로를 인정받아 그룹의 회장 파에타는 시안의 초대 시장으로 취임한다. 그리고 퇴임한 후에도 시안에서 가장 영향력 있는 인사로 군림하게 된다.

이 이야기는 약 백 년의 역사를 가진 지하도시 시안에서 시작한다.

01

고속 승강기는, 단 몇 분 만에 미마를 꼭대기 층으로 끌어 올렸다. 지하도시 시안의 풍경이 미마의 눈앞에서 단숨에 압축되었다. 눈앞에 펼쳐진 풍경에 얼떨떨해진 미마는 비틀거리며 로비로 나왔다.

얼핏 보아서는 미마가 온 층과 별다를 게 없었다. 승강기 샤프트의 거대한 원기둥 탑을 도넛처럼 감싼 로비도, 로비 바깥에 펼쳐진 중앙광장도, 광장의 내벽을 이루는 복합몰도, 시스템의 통제 아래 24시간 일정하게 유지되는 기온도.

광장으로 나가는 출구 양옆에는 살균용 나노 분무기가

있었다. 사람들이 문을 통과할 때마다 자동으로 뿌려지는 것을 보고 미마는 신기하게 생각했다. 심지어 방균 마스크를 쓰고 다니는 사람도 있었다. 시안과 외부 세계의 경계라 할 수 있는 이곳에서는 자연스러운 일이겠지만 미마가 온 125층에서는 볼 수 없는 풍경이었다.

다른 층의 광장이 그저 중앙 광장이라 불리는 것과는 달리 이곳은 파에타 광장이라는 이름이 있었다. 엄숙한 표정으로 광장 한가운데에 앉아 있는 바이오옥토퍼스의 명예회장 파에타의 동상이 미마가 보기엔 기묘했지만 구세대들에게는 그렇지 않으리라. 장수 유전자의 특허를 양도한 뒤로 시안의 수호자로 칭송받은 그였으니까.

파에타 광장으로 나서자 낯선 냄새 분자들이 미마를 덮쳤다. 복합몰의 식당가와 곳곳에 자리한 스낵 코너에서 풍겨 오는 음식 냄새는 아니었다. 쾨쾨하고 텁텁한 냄새, 철저히 위생이 지켜지는 시안의 건물 안에서만 살아온 미마로서는 정체를 알 수 없는 냄새였다.

초조한 표정의 한 남자가 미마를 치듯이 스치고 지나갔다. 그 남자에게서도 지독한 냄새가 났다.

인파를 뚫고 스캐너가 빠르게 다가왔다. 사정거리 안에 들어온 사람들의 개인 정보를 읽어내는 신원조회 로봇이었다. 미마는 재빨리 스캐너의 사정거리 밖으로 벗어났다. 하지만 스캐너의 목적은 따로 있었다. 미마는 스캐너가 좀 전의 남자를 겨냥해 살굿빛 광선을 쏘는 것을 목격했다. 남자는 비명을 지르며 나뒹굴었다. 말로만 듣던 열선총이었다. 그것을 맞은 사람은 온몸이 불에 타는 것 같은 뜨거움과 통증을 느끼지만, 실제로 화상을 입지는 않는다고 했다. 곧 사람들을 뚫고 지역 수호대 대원 둘이 나타났다.

"비시민. 당신을 불법 침입죄로 체포한다."

수호대 대원이 더러운 담요처럼 널브러져 아직도 신음하고 있는 남자를 질질 끌고 갔다. 남자의 목구멍에서 꽉 잠긴 쉰 소리가 터져 나왔다.

"비시민도 사람이다! 우리도 광장을 걸을 권리가 있다."

수호대 대원이 혐오스러운 표정으로 남자를 흘깃 보았다.

"권리는 시민에게만 있다."

수호대 대원은 귀찮다는 듯이 허리에 찬 봉을 남자의 옆구리에 갖다 대었다. 남자는 경련을 일으키더니 축 늘어졌다. 곧 청소 로봇이 나타나 남자가 쓰러졌던 자리를 빙빙 돌며 먼지를 빨아들이고 살균 처리했다. 잠시 걸음을 멈추었던 주위 사람들은 이런 일이 흔한 듯 다시 무표정하게 오갈 뿐이었다. 미마도 아무렇지 않은 표정을 지으려고 애썼다.

미마의 목적지인 메이징타운은 파에타 광장에서 지하도를 따라 내려간 곳에 자리하고 있었다. 메이징타운은 본래 신아마존으로 가는 고속철도와 연결된 시안 최대의 전자 상업구역이었다. 시안 봉쇄 후 신아마존으로 이어지는 철도 역시 폐쇄되었다. 미지의 바이러스가 사람들의 영혼에 남긴 상처는 컸다. 바이러스는 저주하기엔 너무 작았으므로, 사람들은 숙주이자 운반책인 자연을 추방해버렸다. 이제 자연은 아이들의 그림책과 수업 시간의 홀로그램 속에서만 존재했다.

이후 버림받은 철도로 시안에 정착하지 못한 난민들이 모여들었다. 침체된 메이징타운에는 합법적인 상가가 남아 있었지만 암거래 역시 광범위하게 이루어졌다. 주로 난민촌에서 흘러 들어오는 무인가 약품과 복제품이 그 대상이었다. 시안 당국은 메이징타운에 암시장이 열리는 것을 알면서도 눈감아주었지만 거기까지였다. 난민이 메이징타운에서 한 발짝이라도 벗어나 광장으로 나오면 엄중한 단속의 대상이 되었다.

미마는 조금 떨면서 구석진 곳으로 숨어들었다. 천창을 올려다보며 어둠을 기다렸다. 아치 꼴로 굽은 천창 양식의 천장은 저 아래층에서는 유행이 지나도 한참 전에 지난 것이었다. 사람들은 더 이상 머리 위에 하늘이 있다는 위안을 필요로 하지 않았다. 하지만 이 파에타 광장의 천장 너머에는 진짜 하늘이 있다. 하긴 하늘보다는 수십 미터 두께로 얼어붙은 빙판이 먼저겠지만.

시안 표준시 19시 정각, 천창에서 인공 태양광이 순식간에 사그라졌다. 동시에 광장은 바닥과 내벽에서 투사되는 홀로그램 광고들로 꽃처럼 피어났다. 화려한 옷차림의 사람들이 광장의 밤 속으로 스며들었다. 파에타 광장은 돌연 생기를 띠었다.

미마는 이제 거의 눈에 띄지 않았다. 홀로그램에 반응하여 카멜레온 원피스만이 다채롭게 변할 뿐, 미마의 작고 마른 몸과 검은 눈만이 도드라지는 갸름한 얼굴은 어둠에 묻혔다. 미마는 광장을 가로질러 메이징타운으로 내려갔다.

한때 이 장소가 누렸을 영화는 흔적도 없었다. 군데군데 불이 나간 조명은 누구도 갈아줄 생각을 않는지 미로 같은 타운의 내부 골목은 어두침침했고, 양쪽으로 다닥다닥 늘어선 가게들은 좁고 남루했다. 사람들의 눈빛도 그악스러워 보였다. 미마가 가게를 지날 때마다 쉴 새 없이 홀로그램 스팸들이 눈앞에서 홀씨를 터뜨렸다. 미마가 걸치거나

지니고 있는 갖가지 상품의 태그에서 구매 정보를 빼내 맞춤 광고를 날리는 것이다. 성가셔서 아무 가게나 들어가려는데 꼬마 하나가 미마를 붙잡았다.

"뭐가 필요해요? 뭐든지 있어요."

겨우 아홉 살이나 되었을까? 태어나 한 번도 안 감은 것처럼 떡진 머리가 반쯤 덮인 노리끼리한 얼굴에서 실눈이 미마를 올려다보았다.

"너처럼 어린아이가……."

미마는 뒷말을 삼켰다.

"음, 스마트약을, 사고 싶은데."

스마트약은 한 번 섭취하면 48시간 동안 기억력을 최대로 강화해주고 두뇌 회전을 가속화시키는 약품이었다. 불법 약품이 아니지만, 정품은 미마처럼 가난한 늦둥이가 사기에는 너무 비쌌다.

오늘은 미마의 생일이었다. 하지만 생일 선물을 사줄 엄마는 이제 노인 요양원의 침대에 누워 있었다. 엄마는 백오십 세가 되던 지난해에 은퇴하기로 결정하고 요양원으로 들어갔다. 늦둥이를 둔 많은 부모들이 그러듯이 엄마도 집 판 돈을 미마의 학비와 생활비로 위탁해놓았다. 달마다 용돈으로 충전되는 신용액을 모아 미마는 오늘 스스로에게 생일 선물을 하기로 한 것이다.

꼬마가 이끄는 대로 따라가려는데 갑자기 아이가 뭔가를 발견하고 허둥거렸다. 꼬마의 눈길을 따라가자 벽에 붙은 잠자리 모양의 기계장치가 보였다. 추적기와 전송 장치가 달린, 가장 단순한 형태의 스파이 로봇이었다.

"젠장! 미끼였잖아!"

꼬마는 이미 달리고 있었다. 저도 모르게 미마도 꼬마 뒤를 따라 뛰었다. 이런 일을 처음 당한 터라 제대로 판단할 여유가 없었다. 꼬마는 나름대로 로봇의 행동반경을 벗어나는 요령이 있는지 미로 같은 골목을 요리조리 빠져나가며 생쥐처럼 잘도 달렸다. 미마는 숨이 턱까지 찼다. 순간 머리 위에서 뭔가가 펑 터지면서 톡 쏘는 냄새가 나는 가루가 머리 위로 쏟아졌다. 스파이 로봇이 자폭한 것이다. 미마는 순간 안전해졌다고 생각했지만 꼬마는 다시 한번 거친 말을 내뱉더니 미마의 손을 계속 잡아끌었다. 문득 정신을 차리니 눈앞에 어슴푸레한 빛을 뿜는 표지판이 있는 방화벽이 나타났다. 계단 아래 시스템 구역으로 통하는 문이 보였다. 미마는 움찔하며 꼬마의 손을 뿌리쳤다. 꼬마가 한심하다는 표정으로 미마를 흘깃 보았다.

"지금 덮어쓴 게 뭔지 몰라? 암거래를 단속하는 지능 먼지라고. 여기선 괜찮지만 위로 올라가는 즉시 중앙 레이더에 잡혀서 실시간 감시를 당하는 신세가 되고 말아."

"그, 그럼……."

"우리 동네로 가서 씻어내야지."

미마는 가쁜 숨을 몰아쉬었다. 상류층은 아니라 해도 자신은 엄연한 시안의 시민권자였다. 하지만 이 난민 아이가 아는 것 같은 지식을 습득할 기회는 전혀 없었다. 안전했기에 무지했던 것이다. 미마는 네트에 떠도는 정보만 믿고 너무 무모했음을 깨달았지만 이제 와서 후회해봐야 소용없는 일이었다.

시스템 구역의 문은 자동으로 잠기게 되어 있으나 난민들이 미리 조작해놓아 닫혀만 있었다. 이 시스템 구역을 통해 난민들이 메이징타운을 드나드는 것이다. 안으로 들어서자 바위처럼 단단한 어둠이 눈앞을 가로막았다. 꼬마가 조그만 플래시를 꺼내 들었지만 발밑만 간신히 밝혀줄 뿐이었다.

우릉대고 픽픽대는 기계 장비들이 강철 서가처럼 나란히 늘어서 있었다. 천장에도 각종 배관과 전선과 센서 들이 빽빽이 들어차 있는 게 어렴풋이 보였다. 미마는 잔뜩 긴장해서 어둠 속을 노려보았다. 꼬마는 플래시로 눈앞의 어둠에 무늬를 그렸다. 그게 신호인 듯 J자 모양으로 휘어진 펌프들 뒤에서 누군가 불쑥 튀어나왔다.

키가 크고 탄탄한 체격의 젊은 동양인 남자였다. 삐죽삐죽 솟은 짧은 머리와 치켜 올라간 눈매가 강하고 날카로운 느낌을 주었다.

“쿠게오 형, 이 손님 스마트약이 필요하다는데, 그만 지능 먼지를 덮어쓰고 말았어.”

쿠게오는 성가시다는 듯 혀를 찼다.

“귀찮게 됐군. 그나저나, 돈은 있어?”

미마는 고개를 끄덕이며 칩이 심어진 손목을 문질렀다. 지금껏 아껴가며 모은 용돈이 시안 신용화로 총 삼백이었다. 이 칩에는 신용카드 기능과 사회보장 주파수가 내장되어 있었다. 현금은 칩을 심을 수 없는 난민들에게나 필요한 것이었다.

“헤이베이를 만나다니 운이 좋았네. 아직 주사기를 쓰는 녀석들도 있지. 그러다 감염되면 누가 책임지겠어?”

“……얼마에 해줄 수 있어?”

“시안화로? 이백오십.”

“너무 비싸.”

미마는 주눅 든 목소리로 중얼거렸다.

"공정가격이야."

'공정가격 같은 소리 하네.'라고 생각했지만 미마는 그냥 고개를 끄덕였다. 흥정할 형편이 아니지 않은가? 쿠게오는 리더기를 심어놓은 엄지를 미마의 손목에 갖다 댔다. 그리고 나노 분사기와 활성제 알약과 해독제가 든 세트를 배낭에서 꺼내주었다. 그사이 꼬마는 2인승 슬라이드카를 숨겨놓은 곳에서 끌고 왔다. 두 사람을 태운 쿠게오가 노련한 솜씨로 기계 숲을 빠져나가 터널의 옆구리로 뛰어들었다.

쿠게오는 지옥을 향해 뚫린 듯한 터널을 미친 속도로 달렸다. 미마는 입이 얼어붙었다. 단 한 번 이런 대화가 오갔을 뿐이다.

"어디서 왔어?"

"125층."

쿠게오와 꼬마의 웃음소리가 터널의 묵은 어둠을 휘저었다. 꼭대기 층에 처음 올라온 미마가 그랬던 것처럼 125층이란 그들이 상상할 수 있는 깊이가 아니었던 것이다.

"그래, 가장 높은 곳에 올라와 본 기분이 어때?"

미마는 대답하지 않았다. 시안 가장 높은 곳에 숨겨진 가장 바닥의 삶. 미마는 그저 스마트약을 싸게 사고 싶었을 뿐, 그 삶을 흘낏이라도 보고 싶은 마음 따위 없었다는 말을 전할 순 없어서였다.

한때 신아마존까지 관광객들을 싣고 초고속 열차가 달리던 두 개의 철도와 세 개의 플랫폼은 죽은 나무에서 자라는 버섯처럼 빽빽한 구조물들로 끝이 보이지 않게 뒤덮여 있었다. 가장 넓은 가운데 플랫폼에는 물탱크와 공동 화장실과 노점상 따위가 흩어져 있었다. 다닥다닥 붙은 구조물들의 틈새로 이루어진 골목에서 어린아이들이 뛰노는 소리가 들렸다. 높은 천장에 매달린 등은 드문드문 깨져 있어 시안보다 어둡긴 했지만 시안 표준시 22시에도 여전히 빛을 뿜어내고 있었다. 온갖 것들로 만든 지붕 없는 구조물들 위에는 더러운 차단막이 덮여 있었다. 차단막이 만들어내는 그늘 아래서 여인들이 앉아 수다를 떨고 있었고, 그 옆에는 진짜 채소가 자라는 화분들도 있었다. 시스템 구역에서 물과 전기를 끌어오느라 힘겹게 깐 초전도 케이블과 배관 따위가 철도 근처에 죽은 뱀처럼 흉하게 늘어져 있었다. 차갑고 건조한 공기에는 불쾌한 냄새가 은은히 배어 있었다. 미마는 저도 모르게 오스스 소름이 돋은 팔뚝의 피부를 문질렀다.

물탱크 앞에서 두 남자가 엉겨 붙어 싸우고 있었다. 일곱 살쯤 된 여자아이가 아기처럼 엄지손가락을 빨면서 이를 지켜보고 있었다. 간간이 들리는 둘의 욕지거리로 여자아이의 아버지가 배급 시간이 지났는데도 물을 달라고 우기다 싸움이 난 것임을 알 수 있었다.

미마는 지난 백 년간 척박한 대로 나름의 삶을 꾸려온 또 하나의 세상 속으로 들어온 것이 비로소 실감 났다.

"알리마."

꼬마가 앞으로 나서며 여자아이를 불렀다. 아이는 바람처럼 꼬마에게 달려왔다.

"헤이베이……."

"알리마, 오늘 물 한 모금 못 마신 건 아니겠지?"

알리마의 바짝 마른 입술이 대답을 대신했다. 손가락을 빨아댄 건 갈증을 달래기 위해서였다. 헤이베이는 메고 온 배낭에서 워터캔을 꺼냈다. 알리마의 아버지가 싸움을 딱 멈추고 워터캔을 뚫어지게 보았다. 미마는 전에도 이런 눈빛을 본 적이 있었다. 알코올중독자가 틀림없다.

"마셔. 아무에게도 주지 말고. 네가 다 마셔."

쿠게오가 알리마의 아버지를 차갑게 노려보았다. 그러자 알리마의 아버지는 움찔하더니 어깨를 움츠리고 비칠 비칠 멀어져 갔다. 이미 그날분의 일용할 물을(딸의 몫조차) 모두 농축 알코올액에 타 마셔버린 걸음걸이였다. 급수 당번이 고개를 저으며 때가 꼬질꼬질한 수건으로 터진 입술을 닦았다.

"몬수 아저씨, 여기 애가 지능 먼지를 덮어썼어요. 씻을 수 있게 목욕탕 급수 좀 해주세요."

쿠게오가 말했다. 급수 당번은 미마를 슥 보더니 고개를 끄덕이고는 급수 탱크 뒤로 돌아갔다.

알리마는 그 조그만 배 어디에 그만한 공간이 있는지 제법 큰 워터캔 두 통을 단숨에 마셔버렸다. 알리마는 양팔을 앞으로 뻗으며 업어달라는 몸짓을 했다. 헤이베이는 두말 않고 마른 등을 돌려 댔다. 업힌 아이도 업은 아이도 아주 만족스러워 보였다. 알리마는 물이 수면제라도 되는지 순식간에 잠들어버렸다. 미마는 늘어진 알리마의 조그만 손을 살짝 만졌다. 알리마가 무거운 속눈썹을 들어 올려 미마를 보았다.

"이 사람…… 누구야?"

"손님."

쿠게오가 건조하게 대답했다. 미마를 신기하게 바라보던 알리마가 문득 눈을 반짝이며 속삭였다.

"손님, 보여줄까, 우리 아기들?"

미마는 뭘 보여준다는 건지도 모르면서 고개를 끄덕였다. 알리마는 쿠게오와 헤이베이에게 칭얼칭얼 조르기 시작했다. 헤이베이는 난처한 얼굴로 쿠게오를 보았지만 쿠게오의 얼굴엔 표정이 없었다.

"여기까지 왔으니…… 보러 갈래?"

쿠게오가 미마를 보며 무심하게 물었다.

그들은 공동 조리실과 뒷벽이 이루는 길쭉한 공간으로 미마를 데려갔다. 그곳에, 동물 우리가 있었다. 그리고 진짜 동물들이 있었다.

노랗고 파란 깃털을 가진 새, 안경 쓴 것처럼 눈이 커다란 새끼 원숭이, 새끼를 거느린 어미 주머니쥐, 똬리를 튼 알록달록한 뱀, 그리고 도자기 그릇에 담긴 작은 물고기.

미마는 주먹 쥔 손으로 눈을 비볐다. 그러곤 홀린 듯 다가앉아 동물들을 정신없이 바라보았다.

자연은 시안의 금기. 평생 한 번이라도 살아 있는 동물을 눈앞에서 볼 수 있으리라곤 상상도 못 했었다. 헤이베이와 알리마가 저희끼리 키득거리며 그런 미마를 재미있다는 듯이 바라보고 있었다.

"이, 이게 다 어디서 난 거야?"

알리마가 하품을 하며 누군가 가져다줬다고 대답했는데 잘 알아들을 수 없었다. 쿠게오는 팔짱을 끼고 느긋하게 대꾸했다.

"신아마존이지 어디겠어."

"신아마존? 거기에 지금도 사람이 드나들어?"

"아니. 여기 사람들도 아마존을 무서워하긴 마찬가지야."

"새끼 원숭이 만져볼래?"

알리마는 대답도 기다리지 않고 우리 문을 열어 원숭이를 꺼냈다.

"아니, 저, 저기……."

알리마는 거침없는 손길로 원숭이를 들어 올려 미마에게 건네주었다. 새끼 원숭이의 감촉에 미마는 질겁했다. 새끼 원숭이는 미마가 자기를 떨치려 하자 네 발을 동원해 미마에게 매달렸다. 알리마와 헤이베이가 배를 쥐고 웃어댔다. 식은땀을 흘리면서, 미마 역시 저도 모르게 소리 내어 웃고 있었다.

헤이베이는 능숙한 손길로 새끼 원숭이를 떼내 제대로 품에 안는 시범을 보여주었다. 미마는 눈을 질끈 감고 떨리는 손으로 새끼 원숭이를 받아 안았다.

몹시 가벼웠다. 털을 빼고 나면 몸뚱이는 한 줌도 안 될 듯했다. 흰자위가 거의 보이지 않을 정도로 꽉 찬 갈색 눈동자가 천진하게 미마를 바라보았다. 너무 낯설고 이상한데 기분이 좋았다. 쿠게오는 날카로운 눈초리로 미마를 살피다가 미마와 눈이 마주치자 헛기침을 했다.

"어때, 데려갈래?"

미마의 눈동자가 흔들렸다.

"갖고 싶지 않아?"

"갖고 싶어."

미마는 재빨리 대답했다. 말도 안 되는 소리였지만 진심이었다.

"하지만 시안에는 동물을 데려갈 수가 없는걸."

쿠게오가 물고기가 든 그릇을 들어 올렸다.

"생체 신호가 잡히지 않는 운반용기에 넣어줄게. 물고기라면 말썽을 부릴 염려도 없고. 조용히 키울 수 있잖아."

"하, 하지만 내겐 그만한 돈이……."

쿠게오는 어깨를 으쓱했다.

"돈을 받겠다는 건 아냐."

"그럼 왜 내게……."

"아마존을 보고 싶지 않아?"

쿠게오가 미끼를 던지는 낚시꾼처럼, 은근히 물었다. 미마는 입을 벌렸다.

"아마존에 직접, 들어간다고?"

"그럴 순 없지. 우리가 개발한 게임이 있어. 시장에 출시되기 전인데……."

"게임?"

"그래. 이름은 '싱커'(Syncher). 동조자라는 뜻이야."

"가상 체험 게임이라면 전에도……."

"싱커는 그저 그런 버추얼 게임이 아냐. 물론 다른 게임들도 거의 진짜처럼 생생하긴 하지. 하지만 진짜가 아니잖아."

"이 게임은 진짜라는 거야?"

"그래. 우리 건 진짜야. 뇌파 동조를 통해 아마존에 사는 동물들의 눈과 감각으로 직접 아마존을 체험하는 거지. 친구와 함께 할 수 있게 게임팩을 두 개 더 줄게."

"왜 나한테……."

"테스터가 되어달라는 거야. 그리 어려운 일도 아니잖아."

쿠게오는 뭐라고 더 설명을 했지만, 미마는 이미 듣고 있지 않았다.

해나 달처럼, 대자연도 그 속에 사는 동물도 미마 같은 시안 아이들에겐 그저 과거의 영상으로만 존재하는 것이었다. 한 번도 실제로 본 적이 없으니 보고 싶은 마음도 없었다. 그랬는데 이상한 일이었다. 콩콩 뛰는 새끼 원숭이의 작은 심장, 미마의 옷자락을 꼭 쥔 앙증맞은 손가락, 조그만 몸뚱이에서 전해지는 온기. 처음 보는 존재가 가진 그 모든 것이 미마 안 깊숙이 잠들었던 유전자를 깨웠다. 깨어나 거인처럼 우렁차게 외쳐대는 것이었다. 물고기를 계속 보고 싶다고. 아마존을 만나고 싶다고.

02

"아, 잘 잤다."

이틀간의 시험을 모두 마친 다음 날 아침, 미마는 상쾌한 기분으로 눈을 떴다. 스마트약의 효과는 기대 이상이었다. 정답률을 98%까지 끌어올렸으니 중상위권이던 성적은 이제 상위권으로 뛰어오를 것이 분명했다. 이 정도면 위험을 무릅쓰고 메이징타운에 다녀온 보람이 있었다.

미마는 속으로 콧노래를 부르며 기숙사를 나섰지만 학교 복도에서 탕쯔칭 패거리가 또 누군가를 괴롭히고 있는 모습을 보고 얼굴을 찌푸렸다. 탕쯔칭은 바이오옥토퍼스 사 간부의 아들로, 자기와 같은 유전자 귀족이 아닌 미마 같은 늦둥이들을 쓸모없는 쓰레기로 여겼다. 성가신 인권위의 간섭으로 어쩔 수 없이 섞여 지낼 뿐이었다. 유전자 강화인이라는 선민의식과 차별주의가 뼈에 새겨진 인간이었다. 괴롭힘과 무시를 당하면서도 쯔칭의 아버지와 그 패거리가 두려워 아이들은 함부로 대들지 못했다.

당하는 아이는 미마와 같은 반 친구인 다흡이었다. 다흡은 늦둥이치고는 성적이 꽤 좋은 편이었는데 그게 탕쯔칭의 심기를 건드려서인지 자주 시달렸다. 탕쯔칭 패거리는 다흡을 둘러싸고 손과 발로 툭툭 치며 장난치고 있었다. 그 광경을 지켜보던 미마는 입술을 깨물며 주먹을 꽉 쥐었다.

"익! 피!"

떠밀린 다흡이 넘어지면서 어디에 부딪혔는지 코피가 난 모양이었다. 누군가 질겁하며 뒤로 물러나자 나머지들도 반사적으로 다흡에게서 떨어졌다.

"에잇, 더러워. 얘들아, 그만 가자."

피를 보자 얼굴이 굳은 쯔칭이 침을 뱉으며 다른 아이들을 이끌고 사라졌다. 시안에서 피와 땀 같은 분비물은 동물과 마찬가지로 혐오의 대상이었다.

"괜찮아?"

미마가 다흡에게 다가가 물었지만 다흡은 고개도 들지 않았다.

"그냥……. 먼저 들어가. 내버려 두고."

미마는 망설이다가 돌아섰다. 쯔칭 패거리가 사라진 자리에는 독한 코담배 냄새만이 남아 있었다. 어른이 된 뒤라도 이 냄새를 맡으면 우울한 기억이 뒤따라 떠오를 것이다.

"안녕."

미마가 교실에 들어서자 음수대에서 호아차를 뽑아 마시던 부건이 밝게 웃으며 인사를 건넸다. 속속들이 알지는 못하지만 미마가 친근하게 인사라도 나누는 아이는 학교 전체에서 부건밖에 없었다. 좁은 어깨에 긴 얼굴, 여자처럼 높은 목소리를 가졌지만 웃으면 덧니가 살짝 드러나는 게 꽤 귀여웠고 눈빛이 총명해서 호감을 주는 아이였다.

부건의 아버지는 바이오옥토퍼스 사의 미생물 연구원이었는데, 수년 전 돌아가신 뒤로는 부건 혼자 산다고 했다. 바이오옥토퍼스는 꿈의 직장이니 그의 아버지가 유산을 넉넉히 남겼을 테고 부건의 미래는 자신과는 다를 것이다. 부건이 시험 성적에 아등바등하지 않고 구김살 없는 것도 그래서일 테다. 그런 생각 때문에 미마는 부건과 더 친해지고 싶으면서도 선뜻 다가가지 못했다.

"시험이 끝나니까 결석이 많은데. 유카는 접촉 공포가 또 도졌대."

부건이 빈자리들을 가리켰다.

교육국이 출석 일수를 성적에 반영하지 않는다면 학교는 지금보다 더 텅 빌 것이다. 실제로 한 교실에 몸만 있을 뿐 수업은 가상 교실에서 이루어졌다. 기이할 정도로 현실에 무심한 반응을 보이는 '스크린 증후군'이 아이들을 좀먹고 있다고 인권위는 비판했다. 인권위와 시민 단체가 이와 관련해 끊임없이 비판하고 이를 보완할 만한 대책을 제시하면 교육국은 마지못해 그걸 반영하는 식이었다. '학교 출석 일수 의무 조항'도 그중 하나였다. 하지만 학교 오는 걸 좋아하는 아이는 거의 없었다.

"넌 시험을 잘 봤나 보구나. 기분이 좋아 보이네."

모두 스마트약 덕분이다. 다만 사방에서 덮쳐오는 감각 정보 탓에 멀미가 날 지경인 게 흠이었다. 두뇌 활동이 활발해지는 건 좋은데, 지각기관 또한 필요 이상의 능력을 발휘했다. 시험을 마친 어젯밤 미마는 쿠게오가 준 해독제를 콧속에 뿌렸다. 혈관이나 척수액에 남아 있는 약 성분을 배출시켜 주는 해독제였다. 아침에 미마는 짙은 색깔의 오줌을 누었고 감각은 이내 원래대로 돌아왔다.

고개를 살짝 끄덕인 미마가 부건에게 되물었다.

"넌?"

"나야 늘 잘 보지."

부건이 어깨를 으쓱하며 장난스럽게 웃었다.

"내가 천재라는 소문 못 들었나 보구나?"

똑똑하고, 무엇보다 구세계의 자료에 능통한 아이라는 건 알고 있었다. 그때 다흡이 들어와 자리에 앉다가 둘의 대화를 듣더니 표정이 한결 어두워졌다. 시험을 잘 못 보았는지도 모른다.

"이따가 수업 마치고 잠시 이야기 좀 할 수 있어?"

미마의 말에 부건은 웬일인가 싶어 눈이 동그래지더니 호기심 어린 표정을 지었다.

"화장실 옆 비품실에서 기다릴게."

둘은 브레인폰의 비밀번호를 교환했다. 구세계의 휴대전화 기능을 두뇌 속 칩이 대신하는 것이지만, 구세계보다 훨씬 폐쇄적인 시안에서 브레인폰으로 연락하는 사이란 가족과 절친한 친구에 한정되었다.

수업 시간이 되자 미마는 의자에 앉아 눈을 감았다. 삼차원 인터페이스를 불러내 수강 과목을 선택한 다음 강의실에 입장했다.

이제 미마의 전방 3미터 앞에는 백서른다섯 살의 자연사 선생님이 강의판 앞 수직 승강 의자에 앉아 있었다. 다림질한 것 같은 얼굴에 가르마 탄 이식 모발이 단정하게 얹혀 있었다. 선생님은 구세계에서 루게릭병 환자였지만 시안에 정착한 후 의체로 자유를 얻었다. 그래도 다리는 그리 튼튼한 편이 못 되었다.

강의에 접속한 학생은 누구나 눈앞에 선생님과 마주할 수 있었다. 시안 곳곳에서 접속해 함께 강의를 듣는 동료 학생들의 존재감이나 강의실의 공간감은 생생했지만 눈에 보이지는 않았다. 그들은 목소리로만 존재했다. 미마는 가끔 이런 시스템이 답답할 때가 있었고 의아하기도 했다. 아이들의 대인 지각 능력과 사회성이 떨어질까 봐 걱정이라면서 왜 이런 교육 방식을 만든 걸까?

그래도 '넷수다' 옵션이 있어 다행이었다. 인터페이스에서 이 옵션을 선택하면 선생님 모르게 이미지 언어로 떠드는 게 가능했다. 어느 똑똑한 선배가 개발해 전해오는 프로그램으로, 교육국은 이 기능에 대해 까맣게 몰랐다.

미마는 시안 각 층에서 동시에 접속했을 수많은 아이들을 상상해보았다. 어렵지는 않았다. 가난뱅이라도 시민권자라면 누구나 수정란 단계에서 장수 유전자 시술을 받는

다. 이렇게 수명이 연장되면서 시안의 아이들은 성장기가 길어지고 2차 성징도 늦게 나타났다. 추위에도 무척 약했다. 작은 체구와 발육부전의 몸, 그리고 허약한 면역 체계. 덕분에 시안의 아이들은 공장에서 찍어낸 것처럼 비슷비슷해 보였다. 유전자 귀족은 예외다. 그 애들은 태어나기 전부터, 그리고 일생에 걸쳐 온갖 값비싼 유전자 상품들을 시술받으니까. 마치 그리스 신처럼 훤칠한 젊은이가 시안의 거리를 지나간다면 유전자 귀족이 틀림없다. 이집트 벽화 속 왕과 노예처럼 시안의 사회계층은 외모에서부터 확연히 구분되었다.

그런 삶이 부럽다면 번듯한 직장에 들어가 많은 돈을 벌어야 했고, 그러려면 어려운 시험을 수도 없이 치르면서 길고 힘겨운 시간을 견뎌야 했다. 어른들이 도무지 은퇴할 줄 모르는 장수 사회에서 미래로 향한 기회의 문은 절망적으로 좁았다.

선생님이 언제나처럼 의자 올리는 소리로 주의를 집중시켰다. 선생님은 강의판 중간쯤에 포인터가 오도록 의자 높이를 조절한 다음 구슬 모양의 홀로그램 투사기로 영상을 불러냈다.

"지난 시간에 이어 '동조 현상'에 대해 강의를 계속하지.

오늘은 재앙이라고 부를 만한 자연 현상을 보도록 하겠다.”

눈앞에 하늘을 뒤덮은 거대한 먹구름 아래 곡식이 누렇게 익어가는 논이 펼쳐졌다.

선생님이 포인터로 먹구름의 한 지점을 확대했다. 아이들은 먹구름으로 보였던 게 실은 어마어마하게 떼를 지은 곤충이라는 걸 깨달았다. 소리도 함께 커졌는데 맹렬하고 무시무시한 소리였다. 농부가 망연자실 위를 올려다보았다. 미마는 침을 꿀꺽 삼켰다. 공포 영화에서처럼, 저 사람은 이제 저 곤충 떼에게 잡아먹히는 걸까?

“걱정 마라, 여러분. 저것은 메뚜기인데 육식 곤충은 아니다. 잡아먹히지 않는다고 저 농부들이 운이 좋다고 말하긴 어렵지만. 다음을 보자.”

이번엔 벼에 새까맣게 달라붙은 곤충 떼가 보였다. 강렬한 검정과 노랑 줄무늬에 마디마디가 성냥 대가리처럼 붉은 곤충이 시야를 압도해왔다. 사악하고 무자비한 모습이었다. 순식간에 곡식들을 작살내는 탐욕스러운 입들! 끔찍했다.

선생님은 경악스러워하는 아이들의 반응에 만족한 표정으로 다음 영상을 불러냈다. 투명한 연두색의 풀벌레와 방금 그 곤충의 대조 영상이었다.

"놀라지 마라. 이 두 곤충은 실은 같은 메뚜기다."

아이들이 술렁였다.

"종이 다른 것도 아니고, 후손도 아니다. 지킬 박사와 하이드 씨처럼 한 존재의 두 얼굴이지."

도저히 믿어지지 않았다. 저 여리고 투명한 연두색 곤충과 지옥에서 불려 나온 듯 사악해 보이는 곤충이 같은 메뚜기라니.

"본래 메뚜기는 고독을 좋아하는 순한 곤충인데 특정 시기에 이처럼 엄청나게 큰 무리를 이루기 시작한다. 특이한 건 이 동조 본능이 겉모습까지 바꾸어놓는다는 거지. 날개도 더 튼튼해지고 길어져서 수억 마리가 떼를 이루어 날면서 지나가는 곳마다 초토화시키지."

선생님은 다시 하늘을 뒤덮은 먹구름을 불러냈다. 그 끔찍한 소리가 귓속에 파고들어 아이들에게 내장이 파먹히는 듯한 괴로운 느낌을 불러일으켰다. 바로 그런 결과를 원했다는 듯, 선생님의 얼굴에 흡족한 미소가 떠올랐다. 자연사 선생님은 자연을 미워했다. 구세계를 이루던 사람과 사람, 자연과 사람 사이의 연결을 혐오했다. 그건 세상의 멸망을 지켜본 그들 세대의 트라우마였다.

"과학자들은 이런 광포한 현상이 접촉에서 비롯된다는

사실을 알아냈다. 먹을 것이 궁핍한 시기나 번식기에 이 내성적인 곤충은 먼저 작은 단위로 모이기 시작한다. 이때 날개와 날개, 또는 다리와 다리가 서로 간에 접촉하게 되면 이것이 화학적 변화를 일으켜 성격을 바꾸고 더욱 건잡을 수 없는 군집 본능을 불러일으킨다는 것이다."

선생님은 긴 포인터를 바닥에 쿵, 찍었다.

"이 영상을 봐라. 수억 마리가 이렇게 떼를 지어 날면서도 서로 충돌하지 않는다는 게 신기하지 않나? 방향 전환도 짠 듯이 일치하고. 어떤 강력한 힘에 사로잡힌 것처럼 보이지 않나? 이것이 바로 '동조현상'의 무서운 속성이다. 정결하고 안전한 시안에선 더 이상 이런 걸 보지 않아도 되니 얼마나 다행한 일이냐."

"선생님."

그때 어디선가 선생님의 말을 끊고 목소리가 울렸다. 이런 일은 아주 드문지라 일순 흥미로운 긴장이 감돌았다.

"제 의견을 말씀드려도 될까요."

목소리는 차분하고 건조했다.

선생님이 고개를 끄덕였다.

"방금 제 컴퓨터로 저 메뚜기 떼의 집단 비행을 시뮬레이션 해보았는데요. 강의판으로 전송하겠습니다."

곧 단순한 형태로 조형된 비행 시뮬레이션이 나타났다.

"보시는 것처럼 지극히 단순한 패턴 두어 가지만으로도 충돌 없는 집단 비행이 가능합니다."

선생님의 얼굴이 붉어졌다. 아이들이 처음 보는 모습이었다.

"흠, 자넨 어디서 왔나?"

잠시 머뭇거리던 목소리가 대답했다.

"79층 일반 4지구 19주택지 학교의 칸이라고 합니다. 오늘 수업이 아주 흥미로웠지만, 선생님이 말씀하시는 것처럼 동조현상이 그렇게 나쁘기만 한지 조금 의문이 들었습니다. 제 생각엔 동조란 어디에나 있는 자연스러운 현상 같습니다. 별의 형성, 행성계의 자전과 공전…… 생명체의 발생과 진화…… 의식의 탄생처럼요."

갑자기 깜깜한 어둠이 눈앞을 가로막았다. 모두 당황한 듯 술렁였다. 그 애가 또 다른 영상을 전송한 것이다.

어둠 깊숙이, 녹색빛이 깜박였다. 그러더니 순식간에 빛의 폭포가 차례로 흘러내리며 박자를 맞추기 시작했다. 이윽고 수천의 빛이 침묵의 합창처럼 한 치의 오차도 없이 동시에 깜박이는 광경이 펼쳐졌다. 여기저기서 탄성이 흘러나왔다.

"이것은…… 반딧불이라고 하는 곤충이 다 같이 빛을 내는 모습이랍니다. 아름답지 않나요?"

미마는 아름답고 신비롭다고 생각했다.

선생님은 당혹스러운 표정으로 헛기침을 했다. 이런 도발은 시안에서 아이들을 가르치는 동안 처음 있는 일이었다. 선생님은 서둘러 수업을 마무리했다.

"흠흠, 한 현상의 두 측면이라고 해야겠지. 그럼 오늘 수업은 여기서 마치겠다."

누가 먼저랄 것도 없이 넷수다가 여기저기서 떠오르기 시작했다.

— 걘 어디서 튀어나온 거야?

— 칸이란 애, 거짓말했어. 79층 일반 4지구 19주택지 학교에 칸이란 애는 없어. 내가 지금 거기거든! 그런 앤 없다고.

— 그게 정말이야?

— 이런, 벌써 퇴장했잖아.

— 그나저나 저 반딧불이 영상 정말 근사하지 않아?

— 그러게. 직접 만든 걸까?

수업이 끝나고도 넷수다는 한동안 와글와글했다. 이렇게 열띤 분위기는 처음 있는 일이었다.

미마는 비품실에서 부건을 기다리면서 좀 전의 일을 되씹었다.

깊은 어둠 속에서 서로에게 공명하고 동조한 반딧불이의 빛의 합창이 미마의 마음에 강렬한 인상으로 남았다. 어찌 보면 칸이라는 신비로운 침입자가 아이들의 마음에 일으킨 잔잔한 파장도 그와 비슷한 건지도 모른다.

미마가 생각에 잠겨 있는데 비품실의 문이 벌컥 열리며 부건이 뛰어 들어왔다.

"아, 벌써 와 있었구나? 뭔데 그래? 궁금해 죽는 줄 알았어."

미마는 긴장한 표정으로 부건을 바라보며 입술에 손가락을 댔다.

"실은 내가 엄청난 일을 저질러 버렸어. 너라면 도와줄 수 있을 것 같아서."

미마는 귀퉁이의 선반장으로 다가갔다. 문을 열고 난민촌에서 가져온 물고기가 담긴 특수 용기를 꺼내 바닥에 내려놓았다. 부건이 다가와 들여다보고는 눈이 휘둥그레졌다.

"세상에, 어디서 났어? 허가받은 거야? 동물을 키우려면 동물청에서 심사 과정을 거쳐 특별 허가를 받아야만 하잖아."

미마가 풀 죽은 얼굴로 고개를 저었다.

"나한테 허가를 내줄 리가 없잖아."

시안에서 일반 시민이 동물을 소유하기란 거의 불가능했다. 부자들만이 원하는 경우 유전자 개조를 거쳐 안전성이 확인된 동물을 집에서 기를 수 있었지만, 애완로봇의 기능이 탁월해서 원하는 사람은 거의 없었다. 대중교통을 이용해 운반하는 것도 불법이었다.

부건이 얼른 문을 잠그더니 다시 잰걸음으로 돌아와 숨죽인 소리로 물었다.

"대체 어디서 난 거야?"

미마는 물고기를 가져오게 된 경위를 설명해주었다. 부건의 눈이 그렇게 커진 걸 미마는 처음 보았다.

"네게 다른 아이들과 다른 엉뚱한 구석이 있다고 생각했는데, 잘못 생각했어."

부건이 고개를 설레설레 저었다.

"엉뚱한 게 아니라 무모한 거였어."

미마는 멋쩍은 미소를 지었다. 말은 그렇게 하면서도 부건의 눈은 전에 없이 반짝거렸다.

두 아이는 작은 물고기를 한참이나 들여다보았다.

"너라도 받아 올 수밖에 없었을 거야."

미마의 변명에 부건이 고개를 끄덕였다.

"맞아, 하지만 난 애초에 거기까지 갈 용기가 없지."

미마는 한숨을 쉬었다.

"중요한 건 내가 이 물고기를 책임질 형편이 아니라는 거야. 넌 주택에 혼자 살잖아. 그러니 네가 좀 돌봐주면 안 될까?"

"날 준다고? 진심으로 하는 말이야?"

부건이 숨넘어가는 소리로 물었다. 미마가 아쉽게 고개를 끄덕였다.

"가끔 보러 가도 괜찮……겠지?"

미마가 조심스럽게 물었다.

"물론이지! 매일 와. 혼자 살아서 심심하니까."

부건은 쪼그리고 앉아 물고기를 열심히 들여다보았다.

솔직히 생김새는 볼품없었다. 작고 희미해서 유령 같은 느낌을 주는 물고기였다. 수업 시간에 보았던, 온갖 화려한 색채와 무늬를 지닌 열대어와는 거리가 멀었다. 사람의 피부 같은 연주홍빛 몸은 종이처럼 얇고 투명해서 내장이 들여다보일 지경이었다.

물고기를 보던 부건의 표정이 심각해졌다. 미마가 불안하게 물었다.

"왜, 기르기 싫어?"

"아니. 그게 아니라…… 이 녀석 좀 이상해."

"어디가?"

"우리 아빠가 생물학자였던 건 알지? 이 물고기는……. 음, 집에 가져가서 연구 좀 해봐야겠다."

부건은 물고기가 든 용기를 가방에 넣었다.

"나에게 새로운 연구과제를 제공해줘서 고마워. 이참에 내 조수가 되는 건 어때?"

"얼씨구, 점점."

"암튼 뭔가가 있어. 내 말이 빈말이 아니란 걸 알게 될 거야."

둘은 복도로 나왔다. 잠깐 화장실에 들른 미마는 손을 소독하다가 바닥에 떨어진 약 껍질을 보았다. 미마는 멈칫하다가 조심스럽게 들어 올렸다. 혀 밑의 혈관에서 직접 흡수된다 하여 '설하정'이란 이름이 붙은 신경약이었다. 스마트약과 비슷한 원리의 안정제인데 과다 섭취하면 목숨을 잃을 수도 있었다. 불길한 예감이 든 미마는 다급하게 화장실 문을 열어젖혔다. 세 번째 칸에 그 아이, 다흡이 있었다.

벽에 기대앉은 채 고개를 숙이고. 미마가 어깨를 흔들자 다흡이 옆으로 쓰러졌다. 섬뜩하게 몸이 찼다.

"부건아!"

미마가 소리 지르자 부건이 얼른 화장실에 뛰어 들어왔다.

"왜, 무슨 일이야?"

바닥에 쓰러진 다흡과 흩어진 약 껍질을 보더니 부건의 얼굴이 하얗게 질렸다.

"어어, 관리 선생님을 부를까?"

"안 돼. 그럼 기숙사에서 쫓겨날지도 몰라."

다흡도 미마처럼 기숙사에서 지냈다. 부건은 초조하게 문밖을 내다보았다.

"그, 그럼…… 좀 토하게 해볼까?"

미마는 고개를 저었다.

"소용없어. 이 약은 내가 아는데, 위장으로 내려가는 게 아니야."

부건은 복잡한 표정으로 미마를 보았다. 미마는 문득 주머니에 손을 넣었다. 쿠게오가 준 해독제가 남아 있었다. 미마는 손짓으로 부건에게 바깥 화장실 문을 잠그라는 신호를 보냈다. 부건이 얼른 달려간 사이 해독제를 꺼내 다흡의 콧속에 뿌렸다. 미마는 다흡의 작은 어깨를 끌어안고 잔뜩 긴장한 채 기다렸다. 유전자 개조된 반생물들이 다흡의 혈관 구석구석 퍼져나가 독소를 흡수해주길 간절히 기도했다.

탕쯔칭 패거리들이 다흡을 괴롭히던 일, 부건이 시험을 잘 봤다고 너스레를 떨 때 어둡던 표정 같은 것들이 미마의 머릿속을 스쳐갔다. 말 한마디라도 더 건네볼걸.

함께 쪼그리고 앉아 있던 부건이 작은 소리로 미마를 불렀다. 다흡의 드러난 살갗마다 땀이 돋고 있었다. 옷도 땀으로 축축했다. 해독제가 효과가 있는 모양이었다. 차갑던 다흡의 몸에 조금 온기가 돌아온 듯했다.

"휴우, 한시름 던 것 같은데……. 이제 어떻게 하지?"

부건이 물었다.

"깨어나려면 시간이 걸릴 거야."

다흡이 깨어났을 때 혼자 있게 하는 건 잔인한 일이었다. 그렇다고 기숙사로 데려갔다가 사감의 눈에 띄기라도 하면 뭐라 변명해야 할지 알 수 없었다. 난감한 표정으로 자신을 보는 미마의 어깨를 부건이 토닥였다.

"그럼 우리 집에 가자. 진작부터 놀러 오라고 하고 싶었지만 네가 말을 붙일 틈을 안 주더라고."

"그래도…… 돼?"

부건이 덧니가 보이게 웃었다.

"당연하지. 우린 친구잖아."

03

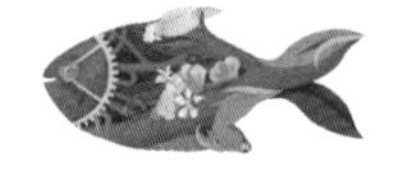

부건의 집은 한마디로 첨단 기기와 실험 도구와 종이책과 구세계의 골동품 들로 가득 찬 정글이었다. 부건은 헉헉거리며 업고 온 다흡을 침대에 눕히고 이불을 덮어주었다. 그리고 물고기가 든 용기를 작업실 책상 위에다 올려놓았다.

"이 액자 속의 여자 분은 네 엄마니?"

신기한 눈길로 방 이곳저곳을 구경하던 미마가 물었다.

"아, 그분은 우리 엄마가 아니라 아빠의 전 부인이야."

장수 사회인 시안에서 전 배우자가 여러 명 있는 것은 흔한 일이었다. 하지만 돌아가신 아빠의 전 부인 사진을 놓아 두는 건 조금 이상했다. 부건이 액자를 바라보며 말했다.

"아빠가 아끼시던 거야. 근데 네가 말하기 전까진 거기 있는지도 잊고 있었다. 두 분은 무척 사랑하셨던 것 같아. 그분은 난민촌 출신이었는데 아빠의 동료였어. 그때만 해도 분리주의자들이 설쳐대기 전이라 능력만 있으면 연구원이 될 수도 있었나 봐. 왜 헤어지셨는지는 몰라. 그분이 다시 난민촌으로 돌아갔다는 것만 알아."

부건은 다른 아이들과는 달리 숨기고 가리는 게 없어서 미마는 조금 당황했다. 이렇게 사적인 이야기까지 듣게 될 줄은 몰랐던 것이다. 미마는 헛기침을 하고 작업실 구경하는 시늉을 했다.

작업실 창틀과 바닥에는 크고 작은 화분들이 놓여 있었다. 부건의 아버지가 연구를 위해 가져다 놓은 것들일까. 식물은 비위생적인 흙 대신에 영양 바이오매스로 채워진 화분에서 자라고 있었다. 직접 본 식물이래야 조리된 야채와 생산청에서 유전자 개조 성공을 홍보하기 위해 일반에게 나눠주는 기념품이 전부였던 미마는 신기하기만 했다. 미마는 흰 털로 덮인 바늘 모양의 잎들이 촘촘히 난 나무를 조심스럽게 만졌다.

“이 나무는 이름이 뭐지? 참 신기하게 생겼다.”

펜 컴퓨터로 물고기의 영상을 찍던 부건이 무심하게 대답했다.

“이름 같은 거 없어.”

“이름이 없다고?”

“부모가 없거든.”

“대체 뭔 소리야?”

미마는 어안이 벙벙해서 부건을 바라보았다. 부건은 여러 각도에서 찍은 물고기 영상을 홀로그램 공간에 띄워놓고 분석 프로그램을 실행하는 데 골몰해 있었다. 미마는 부건도 짐작보다 더 괴짜라는 생각이 들었다.

부건의 지시에 따라 한참 프로그램을 돌리던 분석기가 마침내 결과물을 내놓았다.

“그럴 줄 알았어!”

부건이 흥분한 표정으로 소리쳤다.

홀로그램 공간에 미마의 물고기와 흡사한 살색 물고기가 떠올랐다. 그러나 그 물고기는 눈이 없었다.

— 이것은 진동굴성 동굴물고기입니다. 같은 카테고리에 속한 생물들을 보시겠습니까?

부건이 고개를 끄덕이자 곧 홀로그램 공간에 기이한 생

물들이 하나씩 나타났다.

실처럼 길고 가는 다리를 가진 거미, 몸의 몇 배나 긴 더듬이를 가진 벌레, 지렁이의 몸에 도롱뇽의 다리를 가진 생물……. 전자 교과서에서도 본 적 없는 이 동물들은 모두 눈이 없고 몸이 거의 투명했다.

— 유령거미, 동굴바퀴벌레, 장님굴꼽등이, 동굴도롱뇽. 모두 진동굴성 생물입니다. 이들은 모두 지상 생태계의 친척들과 유전적으로 차이가 없지만 오랫동안 빛이 없는 동굴에서 살면서 그에 맞게 진화했습니다. 이에 대한 추가 설명을 들으시겠습니까?

부건이 다시 고개를 끄덕이자 컴퓨터의 인공지능이 설명을 이어나갔다.

— 동굴은 빛이 없을 뿐 아니라 생태계가 빈약한 탓에 이곳에 사는 생물들은 에너지를 아껴야 합니다. 따라서 진동굴성 생물들은 많은 에너지를 소모해야 하는 시각기관을 포기하였고, 몸의 색깔과 딱딱한 겉껍질도 같은 이유에서 퇴화했습니다. 이들은 몸이 작고 신진대사율이 낮아서 먹지 않고도 몇 달씩 버틸 수 있습니다. 이 동굴도롱뇽은 북유럽의 한 연구소에서 십 년 동안 먹지 않고 살아남은 기록이 있습니다.

"눈도 빛깔도 포기하다니, 그런 것도…… 진화라고 할 수 있어?"

컴퓨터의 설명을 듣던 미마가 물었다. 부건이 진지하게 대답했다.

"진화란 생물체가 살기 위해 환경에 적응하는 과정을 의미해. 고도의 의식을 가진 존재인 인간이 진화의 정점이라는 생각은 선부르지. 환경은 변하니까."

부건은 또 다른 영상을 불러냈다.

"이건 멍게란 생물인데 태어날 땐 꼭 올챙이처럼 생겼어. 올챙이 알지? 녀석은 정착할 장소를 찾아 꼬물꼬물 헤엄쳐 다녀. 이렇듯 유생 단계의 멍게는 뇌세포가 300개쯤 있어. 인간의 뇌세포가 1조 개가 넘는 걸 생각하면 뭐 소박하긴 하지만, 그래도 뇌는 뇌지. 일단 정착할 곳을 찾아 딱 붙고 나면 평생 움직이지 않아. 그다음 어떻게 할 것 같아? 필요 없어진 기관을 없애는 거야. 우선 꼬리. 그리고 뇌신경계. 굴처럼 고착생활을 하니 뇌가 필요 없는 거지. 뇌는 생명체가 움직이는 데 도움을 주기 위해 진화한 거거든."

미마는 입을 벌렸다. 삶에 불필요해졌다고 눈이나 뇌를 없애다니……. 진화란 가혹한 대가를 요구하는구나. 미마는 숙연해졌다.

“그러면…… 이 동굴물고기는 어디서 왔을까?”

미마가 중얼거렸다.

“신아마존에 동굴 지대가 있어. 거기서 데려온 걸 거야.”

“동굴이 있다고?”

“응. 아마존 강 동쪽 변에 동굴 지대가 있어. 원래는 동굴 지대까지 관광 코스였다지.”

“아니, 하지만…….”

미마는 벌떡 일어섰다.

“내 물고기는 눈이 있잖아!”

부건이 빙긋 웃었다.

“언제 그 사실을 깨닫나 했다.”

“동굴물고기는 눈이 없다며?”

“맞아. 눈이 없지. 얘는 눈이 있고. 하지만 얜 동굴물고기 맞아.”

부건은 홀로그램 공간에 또 다른 생물의 영상을 불러냈다.

— 동굴도롱뇽의 새끼와 성체입니다.

긴 몸통에 깃털 같은 아가미와 귀엽고 연약한 네 개의 다리를 가진 생물이었다. 피부는 반투명한 연주홍 빛깔이었다.

— 깊은 동굴에서 홍수가 날 때 가끔 밖으로 휩쓸려 나온

이 생물을 보고 사람들은 한때 새끼 용이라고 생각했습니다. 동굴도롱뇽은 새끼일 때는 눈이 있지만 성체로 자라면서 눈 위에 가죽이 덮여버립니다. 볼 수 없게 되는 것이죠.

"그럴 수가……."

"동물 전체로 보면 흔한 일이야. 그 대상도 꼬리, 날개, 아가미, 허파 등 다양하고. 하지만 워낙 오랜 시간에 걸쳐 일어나는 현상이고 생물의 삶은 그에 비해 짧다보니 자기 자신이나 다른 생물이 현재 지닌 특징을 불변의 것으로 여기게 되는 거야."

"그럼 저 동굴물고기도 그런 경우야? 아직 어려서 눈이 있는 거야?"

"아니. 동굴물고기는 처음부터 눈이 없어. 내가 이 동굴도롱뇽을 보여준 건 우리 안에 발현되지 않고 잠든 유전자를 다시 깨울 수 있는 스위치가 있다는 말을 하고 싶어서였어."

"스위치?"

미마가 잘못 들었나 싶어 부건에게 되물었다.

"응, 스위치. 우리가 잃어버린 기관이나 기능은 몸속에서 완전히 사라진 게 아니라 그저 필요 없어서 창고에 쌓아둔 물건처럼 어딘가에 남아 있거든. 우리 기억이 그런 것처럼."

"그럼 그 기억을 깨우면……?"

부건은 고개를 끄덕였다.

"이 물고기의 눈을 만드는 유전자 스위치가 켜진 거야. 알 수 없는 이유로. 바로 이 식물들처럼 말이야."

부건은 골동품처럼 보이는 커다란 유리 항아리에 물을 담아 와 물고기를 넣었다. 그러곤 털바늘잎을 가진 식물 아래 조심스럽게 놓았다.

"이 물고기는 집을 잘 찾아온 셈이야. 여기 식물들도 모두 같은 방식으로, 그러니까 잠들었던 유전자 스위치가 켜지면서 생겨났으니까."

부건은 커튼콜에 응하는 배우처럼 절을 하며 큰 소리로 말했다.

"정식으로 소개할게. 역진화로 태어난 생물들이야."

부건의 설명에 따르면, 백여 년 전 구세계의 한 과학자가 역진화 발생기를 발명했다고 한다. 역진화 발생기란 생물의 배아나 포자에 그 조상이 본래 지녔던 형질을 발현시킬 수 있는 물리적·전기적 환경을 인공적으로 제공함으로써 진화 과정에서 꺼졌던 스위치를 다시 켤 수 있게 하는 장치였다. 웬일인지 이 획기적인 발명은 당시의 학계에서 외면당했고, 백 년 넘게 특허청의 서랍 속에 묻혀 있었다. 그러다 부건의 아버지인 장현수 박사가 우연히 네트에서 백 년 전에 어떤 해커가 올려놓은 논문을 발견한 것이다. 그리고 이를 바탕으로 역진화 발생기를 다시 만드는 데 성공했다.

장 박사는 장수 유전자 시술 등으로 시안에 최적화되어 버린 시민들을 걱정했다. 최적화된다는 건 환경의 변화에 대처할 수 없게 된다는 뜻이기도 하니까. 시안이라는 통제된 시스템에 영원히 안주할 수는 없다는 것이 장 박사의 생각이었다.

"아버진 역진화 발생기에서 가능성을 발견하고 연구에 힘쓰셨어. 하지만…… 이 식물들이 아버지의 유품이 되고 말았지. 모두 아버지가 만드신 역진화 발생기에 의해 태어난 것들이야."

미마는 물고기를 새삼스럽게 들여다보았다.

"그런데…… 이 식물들은 역진화 발생기를 통해 탄생했다지만, 내 물고기는 어떻게 된 거지?"

부건은 물고기를 들여다보며 생각에 잠겼다.

"역진화는 마법이 아니라, 생명체의 기계적 메커니즘이야. 자연은 작용 반작용하는 기계 장치라고 할 수 있지. 우리가 그 메커니즘을 완전히 모른다는 게 문제지만. 그러니까 내 말은 아버지가 역진화 발생기를 만들 수 있다면, 다른 사람도 할 수 있다는 거야."

미마는 말문이 막혔다.

"내 물고기는 난민촌에서 얻은 건데. 그럼 난민촌 누군가가……?"

미마와 부건의 머릿속에 한 사람이 떠올랐고 둘의 시선은 저도 모르게 사진 액자로 향했다.

장 박사의 동료 과학자였고, 함께 연구에 몰두했던 사람. 무슨 이유에선지 난민촌으로 되돌아간 사람. 부건의 식물들이 장 박사의 아이들인 것처럼, 미마의 물고기는 그분의 피조물인 걸까?

두 아이는 물고기를 보며 각자 생각에 잠겼다.

"아, 맞다. 아까 내 수업 시간에 누가 자료 영상을 전송했는데, 내가 저장해놓았어. 그 자료의 출처 좀 알아봐 줄 수 있어?"

"물론이지. 맡겨둬."

부건은 탐정이라도 된 것처럼 으스대며 펜 컴퓨터에게 전자 도서관을 불러내라고 명령했다. 이럴 때 보면 또 영락없는 어린애였다. 미마는 머릿속 데이터방에 다운받아두었던 반딧불이 영상을 부건의 컴퓨터로 전송했다. 동시에 데이터방에 있던 자료를 삭제하는 것도 잊지 않았다.

부건은 펜 컴퓨터에서 쏘아내는 홀로그램 공간에 반딧불이 영상을 띄웠다. 방의 밝기가 영상의 선명도를 높이기 위해 자동으로 조절되었다. 어둠 속에서, 반딧불이들은 다시 아름답게 빛의 합창을 시작했다. 그건 마치 침묵의 성가극 같았다.

— 전자 도서관에 존재하지 않는 자료입니다.

인공지능의 건조한 음성이 분위기를 깨어놓았다.

"뭐? 그럴 리가……. 구세계의 자료가 아니라는 거야?"

미마가 당황해서 물었다.

부건은 더욱더 탐정 같은 태도로 홀로그램을 캡처하더니 확대해보았다. 가능한 최소 단위까지 확대하자, 그저 캄캄한 어둠이라고만 생각했던 배경의 질감이 도드라져 올라왔다. 부건은 삼차원 분석기를 다시 돌렸다.

— 영상 속 배경 물질은 동굴입니다.

"동굴이라고?"

— 영상 속 곤충은 신아마존이 건설될 당시 구세계 동남아시아 열대의 동굴에서 공수한 반딧불이의 후손으로 추정됩니다. 하지만 이 영상 자료는 일주일 전에 촬영된 것입

니다.

"와우."

부건이 눈을 동그랗게 떴다.

"아마존에 그렇게 큰 동굴이 있다니 믿을 수 없는데. 새로 생긴 걸까."

미마는 그저 어안이 벙벙했다. 칸은 자신이 시안의 79층 어딘가에 산다고 했다. 한데 그곳에 산다는 다른 아이가 그곳에 칸이란 아이는 없다고 했다. 그런데 칸이 전송한 영상 속 반딧불이가 신아마존의 동굴 속에 산다니. 물고기. 부건. 역진화 발생기. 사진 속의 과학자. 칸. 아마존의 반딧불이.

'연결.'

미마의 머릿속에 왠지 모르게 그 낱말이 떠올라 연둣빛으로 반짝였다.

'싱커.'

커다란 불방울 하나가 둑 떨어지듯, 쿠게오가 머릿속에 깔아준 게임이 떠올랐다.

'그래, 싱커를 해봐야겠어. 아마존에 들어가 봐야겠다.'

애초에 일이 그렇게 되도록 정해져 있었다는 듯이, 미마는 숨 쉬듯 자연스럽게 그런 생각에 다다랐다.

문득 방이 다시 밝아졌다. 언제 깨어났는지 다흡이 문가에 서 있었다. 미마가 얼른 다흡에게 다가갔다.

"괜찮아?"

다흡은 고개를 끄덕였다.

"혼자 있고 싶지 않아서. 방해했다면 미안해……."

"아니야. 혼자 둬서 미안해. 좀 더 오래 잘 줄 알았어."

미마는 다흡의 손을 잡았다. 다흡이 고개를 숙였다.

"고마워……."

미마는 다흡의 손을 더욱 힘주어 잡았다.

"우린 친구잖아."

미마는 부건이 자신에게 했던 말을 써먹었다. 그 말을 듣는 순간 찌르르 가슴을 울리던 낯선 감정을 다흡에게도 전하고 싶었던 것이다. 다흡의 속눈썹이 떨렸다.

"우리가, 친구야?"

미마가 고개를 끄덕였다.

"나도 끼워 줘."

부건이 특유의 하이톤으로 명랑하게 말했다.

은빛 정육면체의 내부다.

움직일 때마다 그 진동에 맞춰 정육면체의 벽이 숨 쉬듯

리드미컬하게 투명해진다. 이윽고 투명한 사면 벽을 통해 울창한 숲이 보였다. 열대우림 한가운데 상자는 둥실 떠 있었다.

신아마존이다!

가슴이 쿵쿵 뛰고 현기증이 났다.

위를 보자 높다란 나무들의 무성한 잎과 가지 사이로 뜨거운 태양광이 내리비친다. 시안의 그것보다 몇 배는 강렬했다.

하지만 미마는 진짜 아마존 안에 있는 게 아니었다…….

쿠게오는, 뭐라고 했더라?

맵을 실현시키고, 반려수(伴侶獸)를 선택하고, 싱크하는 거야.

그게 전부였다. 하지만…….

—뭐야, 인터페이스는 어디 있어? 그 쿠게오란 사람, 사기꾼은 아니겠지?

부건이 투덜대는 소리가 머릿속에서 울렸다. 먼저 숨어 있는 게임의 인터페이스부터 찾아야 했다.

미마는 찬찬히 정육면체 안을 훑어보았다. 게임이 최초로 실행될 때 사용자와 디자이너 간의 가벼운 두뇌 게임은 통과의례였다. 어차피 곧바로 매뉴얼이 네트에 뿌려지니까 이 단계를 넘어서는 것은 첫 사용자의 도전이자 명예인 셈이었다. 보통은 다차원적인 인터페이스의 복잡함 때문에 잔뜩 질리기 마련인데.

— 이 맨송맨송한 투명 상자는 뭐람.

미마가 중얼거렸다.

— 상자? 알 것 같아.

부건이 갑자기 흥분했다.

— 반려수로 선택할 동물들은 사방 천지에 널려 있을 거 아냐. 또 제멋대로 이동하고. 싱크를 하려면 좌표화가 필요하니 정육면체는 안 맞겠지?

— 음…… 모양이 바뀌어야겠네.

— 그래. 어떤 공간 형태가 어울리겠어? 아마존의 사방 깊이를 구석구석 아우르면서 좌표 추적도 쉽게 하려면.

— 글쎄…… 구?

다흡이 조심스럽게 대꾸했다.

— 바로 그거야!

정육면체가 구체가 되려면, 중심을 축으로 삼아 회전하면 된다. 미마는 천장을 올려다보았다. 아니나 다를까, 투명한 천장부에 살짝 튀어나와 있는 단추가 보였다. 단추를

누르자 다채로운 빛깔을 내면서 깜박이더니 공간이 회전하기 시작했다. 점차 빠르게, 바깥 풍경이 회색으로 변할 만큼 초고속으로.

이윽고 회전이 멈추자 공간은 완벽한 구형으로 변해 있었다. 동시에 구 바깥에 직경이 훨씬 큰 구가 하나 더 나타났다. 투명하다는 것을 빼면 홀로그램 천구도와 꼭 닮은 맵이었다.

— 부건아, 다흡아. 위를 봐. 상자 모양을 바꾸어줄 단추가 있어.

친구들에게 힌트를 준 후 미마는 맵을 꼼꼼히 살펴보았다.

안쪽 구와 바깥쪽 구 사이의 공간을 깊이로 삼아 좌표들이 은하처럼 분포되어 있었다. 시선이 미끄러지면서 머물 때 좌표의 광점은 섬세하게 밝아지면서 좌표 기호가 머릿속에 나타났다. 맵은 얇은 종이를 무수히 겹쳐놓은 것처럼 무한한 좌표 층위를 품고 있었다. 그걸 자유자재로 누비며 원하는 좌표로 싱크하려면 훈련이 꽤 필요할 듯싶었다.

— 인터페이스가 예술인데!

부건의 흥분한 목소리가 들려왔다.

— 그런데 동물들에겐 어떻게 했기에 싱크가 가능한 거

래?

—인공 강우 시스템을 이용했대. 레인메이커에 싱크를 도와주는 나노 머신을 풀었다고 했어.

—좀 무서워. 이건 뇌파로 로봇을 움직이는 것과는 다르잖아.

다흡의 긴장한 목소리.

—두 생명체의 지각 체계에 다리를 놓는 것뿐이지 동물에게 실제로 영향을 끼치는 건 아냐.

부건이 대꾸했다.

—겁먹을 거 없어. 동물의 눈과 귀와 감각으로 보고 듣고 느껴도 우리 진짜 몸은 부건의 집에 있으니까.

미마가 말했다.

—자, 뭘 망설여. 나 먼저 들어간다!

미마는 수많은 광점 가운데 자줏빛의 광점을 선택했다. 광점이 밝게 깜빡이자, 미마의 뇌 속에서 새롭게 자리 잡은 신경세포도 함께 깜빡였다.

두 파동은 차츰 겹쳐,

하나가 되었다.

벽이 사라졌다. 윙윙 돌아가는 거대한 믹서기에 빨려든

것처럼 오감이 갈려나가는 느낌에 미마는 비명을 질렀다.

— 악! 이거 뭐야? 왜 이런 거야?

— 이봐, 이봐, 여기 통역 옵션이 있잖아. 일단 뛰어들기부터 하는 그 성격 좀 고치시지.

놀리는 듯한 부건의 목소리가 느긋하게 들려왔다.

통역 옵션은 원래의 감각과 익숙하지 않은 반려수의 감각 사이의 완충장치 같은 것인데 미마가 그 기능을 켜지 않고 무작정 싱크한 것이다. 통역 옵션을 선택했다고 감각의 홍수가 사라진 건 아니었지만, 미마는 서서히 자신이 담긴 낯선 몸과 낯선 감각이 편안하게 느껴지기 시작했다.

눈앞에 세 개의 발가락이 달린 앞발이 보였다. 짙고 낯선 냄새는 그 발이 붙들고 있는 축축하고 우툴두툴한 것에서 났다. 한참 바라보고서야 그게 '몸'이 거꾸로 달라붙어 있는 축축한 나뭇가지라는 걸 알았다.

'몸'이 눈알을 움직이자 오른쪽 측면과 왼쪽 측면 풍경이 고스란히 보였다. '이거 멋진네.' 미마는 흥분했다. 오른쪽 시야에 큰 가위 모양의 화려한 노란색 부리가 보였다. 이름 모를 열대새가 과일을 쪼고 있었다. 끌림과 호기심, 그리고 무심함 같은 서로 반대되는 감각이 미마에게 전해졌다. 미마 고유의 감각과 반려수의 감각이 뒤섞인 것이었다. 왼쪽 시야에 눈이 조그맣고 주둥이가 길쭉한 동물이 들어왔다. 미마의 가벼운 호기심은 식세포처럼 덮쳐오는 반려수의 강렬한 두려움에 먹혀버렸다.

갑자기 반려수는 허공에 몸을 던졌다.

'엄마야!'

몸은 허공을 날아 몇 미터 아래 다른 나뭇가지에 매달렸다. 자신이 익히 아는 천적으로부터 달아난 것이다. 미마는 마음의 여유를 좀 찾고 숲을 음미했다.

신아마존은 시안과 어쩌면 이렇게도 다른지! 넘치는 초록, 울려 퍼지는 새 울음, 열기와 습기, 꿈만 같았다. 미마는 자신의 반려수인 이 조그만 도마뱀붙이가 자신보다 훨씬 풍요롭고 깊은 감각의 세계에 살고 있다는 걸 깨달았다. 그런데 홍수처럼 쏟아지는 정보들이 미마의 반려수에게는 조금도 부담을 주지 않는 것 같았다. 그게 동물과 인간의 지각 차이인 걸까.

수십 미터 아래, 나무 둥치에 갈긴 포유류의 오줌 냄새가 생생하다. 하지만 그 영역 표시는 미마의 반려수에겐 의미가 없었다.

이번에는 나뭇가지를 통해 희미한 진동이 느껴진다. 오른편 나뭇가지에 달라붙은 방패 모양의 연둣빛 냄새나는 곤충이 암컷을 부르느라 아랫배로 나무를 긁고 있는 것이다. 안됐지만 연인보다 포식자인 미마의 반려수의 귀에 먼저 들어왔다. 고약한 냄새라는 싫은 느낌과 황홀한 식욕이 뒤섞인다. 반려수가 혓바닥을 채찍처럼 쭉 뻗어 곤충을 붙잡는다. 혀 위에서 곤충의 키틴질 껍질이 부서지고 으깨지며 달콤한 즙을…….

'우웩!'

벌레 씹는 기분이 뭔지 제대로 알아버린 미마가 얼른 싱크를 종료하고 나오려는데, 무언가 차갑고 묵직한 덩어리가 툭 하고 몸 위에 떨어졌다. 미마는 소스라치게 놀랐지만 반려수의 무심함이 두려움을 막아주었다.

이제 사방에 그것이 떨어지고 있었다. 투명하고 둥근 물 덩어리들.

나뭇가지에 두텁게 쌓인 흙이 퍽퍽 튀며 냄새 입자들이 사방으로 퍼졌다. 숲의 색깔은 순식간에 바뀌었다. 물방울들이 나뭇잎을 두드려대는 요란스러운 합주가 숲의 다른 소리를 잠재웠다.

—비다.

—비다.

—비다.

인공 하늘 아래 레인메이커가 뿌리는 열대의 비였다. 태어나 처음으로 비를 맞는 세 아이는 말없이 감동을 공유했다.

숲이 온몸으로 비를 맞으며 떠들썩한 생명의 노래를 부르고 있었다.

04

미마는 물고기가 든 항아리를 창틀에 올려놓았다. 표준시 14시의 태양광이 창가에 내리쬐었다. 부건의 집 창에서 내려다본 거리는 무빙 워크를 타거나 운동 삼아 걷는 사람들이 간간히 보일 뿐 한산했다. 물고기는 무심히, 그러나 제법 생기 있게 꼬리를 흔들며 헤엄치고 있었다.

"누가 보면 어쩌려고."

다흡이 차를 들고 들어오며 걱정스레 말했다.

"누가 보겠어. 위를 올려다보는 사람은 아무도 없는걸."

미마가 말했다.

"물고기한테 거리 구경 시켜주는 거야. 특별한 눈이잖아."

본다는 건 뭘까? 미마는 생각에 잠겼다.

'싱커'를 하게 된 후로 미마는 모든 생물이 서로에게 낯선 외계(外界)란 걸 깨달았다. 지식은 '이해'가 아니란 걸.

본다는 건 뭘까? 우리가 무엇을 볼 때, 시신경을 통해 우리 뇌에 전달되는 것은 그림이 아니다. 전기 자극일 뿐이다. 뇌세포가 서로 동조해서 우리에게 의미 있는 이미지로 바꾸어주기 전에는. 쥐의 수염, 물고기의 옆줄, 오리너구리의 부리, 벌의 겹눈이 하는 일도 기본적으로 같은 것이다. 정보—감각기관—전기신호—뇌. 이 똑같은 과정이 저마다 안에서 얼마나 다른 모습으로 처리되는지. 모든 생물은 각자의 데이터 처리 시스템이 보게 해주는 것을 본다. 있는 그대로가 아니라.

어느 순간부터 미마는 싱커를 하면서 통역 옵션을 택하지 않았다. 무모하긴 하지만 '본다'는 행위의 좁은 우물에서 벗어나고 싶었는지도 모른다. 외계를 향해 한 걸음 나아간 것이다.

처음에는 장님처럼 더듬거렸다. 감각 정보는 쉼 없이 주어지나 그것을 의미화할 수가 없었다. 하지만 고독하지는 않았다. 반려수의 감각 안에 있었기 때문이다. 미마는 태아처럼 그 탯줄에 자신을 완전히 맡겼다. 그러자 차츰 나아졌다. 아마존은 전혀 다른 세계가 되었다.

그동안 싱커는 급속도로 퍼져나갔다. 난민촌에서 만든 게임이라 광고 한번 제대로 할 수 없었지만 입소문만으로 싱커의 주문 판매는 가파르게 늘어났다. 이제 시안의 전 층에서 아이들은 싱커의 상징인 물고기 문양을 몰래 그려 보이곤 했다. 마치 구세계에서 오래전 박해받던 기독교도들처럼. 그 문양은 부건이 디자인해서 싱커 통신에 올린 것이었다. '싱커 통신'은 '싱커'를 하는 게이머들의 비밀 커뮤니티였다.

"그런데 미마, 물고기 눈에 뭐가 보일까?"

다흡이 적당히 식은 차를 미마에게 건네주었다. 성격이 급한 미마가 다른 생각에 골똘하다가 뜨거운 걸 그대로 마셔버리는 일이 잦았기 때문에 다흡은 항상 차를 식혀서 주었다.

"글쎄……."

미마는 자신 없게 대꾸했다. 그러고 보니 한 번도 물고기에게 싱크해본 적이 없었다.

"보일 거야. 내 물고기가 나를 알아보는 거 못 느꼈어?"

"설마."

다흡이 웃었다.

"정말이라니까. 그럼 확인해보자."

미마는 찻잔을 내려놓고 다흡을 거실로 이끌었다. 거실엔 싱커를 할 때 쓰는 세 아이의 자리가 따로 있었다. 다흡은 웃으며 미마에게 끌려 나왔다.

컴퓨터와 씨름 중이던 부건이 소파에서 허리를 펴며 아구구 소리를 냈다. 역진화 발생기에 대한 구세계 자료를 찾아 네트 속을 헤매는 중이었다. 부건은 한번 몰두하면 몇 시간이고 꼼짝도 하지 않았다. 미마와 다흡은 부건을 내버려 두고 각자 자기 지정석에 앉아 싱커에 접속했다.

다흡은 흰머리앵무에 싱크했고, 미마는 테트라 종의 푸르스름한 물고기에 싱크했다.(아이들은 어느덧 신아마존의 동물들을 꽤 많이 알게 되었다. 싱커를 끝내고 나서 네트의 전자 도감에 접속하는 일은 또 다른 즐거움이었다.) 싱크 속도는 미마가 훨씬 빨랐다. 아직 다흡은 광점의 색깔로 대강의 종을 분류하는 수준이었다. 처음에 이것도 못했을 때는 되는대로 싱크했다가 기겁할 때가 많았다. 언젠가는 주머니쥐를 소화시키는 중이던 보아뱀에 싱크한 적도 있었다. 꿈틀거리며 배 속을 이동하는 주머니쥐는 그때까지 숨이 붙어 있는 상태였다. 다흡은 게임을 마친 후에도 며칠 동안 배 속에서 뭔가가 스멀거리는 느낌에 자꾸만 헛구역질을 했다. 그 뒤부터 다흡은 녹색 빛깔의 광점 근처에도 가지 않았다. 녹색 스펙트럼은 파충류군이었다. 다흡은 과일을 먹고 사는 새나 투명날개나비, 귀여운 새끼 맥 따위에 싱크하는 걸 즐겼다.

반면에 미마는 특급 싱커였다. 싱크 속도도 빠르고, 싱크 전환도 자유자재였다. 통역 기능을 택하지 않고 싱크해온 것이 미마의 능력치를 끌어올렸는지도 모른다.

다흡은 숲 사이를 날고 미마는 물속에서 헤엄치며 대화를 나누었다.

— 봐. 내 말이 맞잖아.

미마가 의기양양하게 말했다.

— 눈이 양쪽 끝에 붙어서 새처럼 왼쪽 오른쪽이 따로 보이긴 하지만, 앞쪽도 꽤 잘 보여. 시야 폭이 좁아서 그렇지.

— 그럼 네 물고기가 정말 너를 알아보는지도 모르겠다.

그래도 내가 너보다 더 예쁘다는 것까진 모를걸?

둘은 실없는 대화를 주고받으며 깔깔댔다.

어느덧 미마는 숲 그늘 아래를 헤엄치고 있었다.

— 이상하네. 얼마 전까진 여기가 숲 바닥이었는데 지금은 물이 올라와 있어. 무슨 밀물 썰물이 있는 것도 아닐 텐

데 말이야.

— 그러게. 강물이 불어난 걸까?

— 그럴 리가 있겠어. 아마존도 시안처럼 완전 순환 시스템이잖아.

— 좀 더 시간이 지나보면 알겠지……. 강우량이 때에 따라 달라지도록 프로그램되어 있을 수도 있고.

한참 물속을 돌아보던 미마는 자신의 반려수가 왜 숲 바닥의 얕은 물까지 올라왔는지 알 수 있었다. 숲 바닥엔 새로운 먹이가 많았던 것이다. 열심히 벌레를 먹고 있는데 난데없는 불운이 닥쳤다. 신선한 먹이를 따라 얕은 물로 온 건 미마의 반려수만이 아니었다. 몸집이 작은 황로가 미마의 반려수를 잽싸게 낚아챘다.

— 아! 새가!

다흡은 미마의 비명을 듣는 순간 저도 모르게 아래쪽으로 하강하려 했다. 우연의 일치인지 그 순간 다흡의 반려수도 비행 방향을 획 바꾸었지만 곧 숲의 위쪽을 향해 유유히 날아올랐다.

— 미마! 종료해! 어서!

미마의 반려수는 운명이 정해졌다. 남은 건 그 운명과 동조를 끊어 싱커의 신경을 보호하는 일뿐이었다.

하지만 미마는 이미 타이밍을 놓쳤다. 싱커는 반려수에게 필연적으로 애착이 생긴다. 미마처럼 능력치가 높은 싱커는 그만큼 반려수와 일체화 비율이 높기 때문에 애착이 더욱 컸다. 반려수가 생명의 위협에 처했는데도 미마는 싱커를 종료하지 못했다.

황로는 자칫 먹이를 놓칠까 퍼덕대는 물고기의 몸통을 꽉 물었다. 아드레날린이 솟구치면서 시간이 멈춘 듯했다. 미마에게 반려수의 숨 막힘과 두려움이 고스란히 전해졌다.

죽기 싫어. 죽기 싫어. 살고 싶어!

물고기의 퍼덕임이 차츰 약해졌다.

힘을 내. 포기하지 말고 마지막으로 한 번만 더 힘을 내 보자!

미마 안에서 저항의 에너지가 솟구쳤다. 그 순간 반려수 물고기가 온몸을 펄떡거렸다. 그 서슬에 황로는 그만 물고기를 놓치고 말았다.

철썩! 배가 수면을 때릴 때 둔탁하게 터져나가는 느낌이 마지막이었다. 텅 빈 화면을 채운 지직거리는 선처럼 무의미한 잡음. 그리고 어둠. 미마는 폭발하는 듯한 느낌과 함께 그 어둠으로부터 튕겨 나왔다.

"괜찮아?"

다흡의 목소리가 미마를 현실로 데려왔다. 테이블에 놓인 찻잔에서 김이 오르고 있었다. 다흡이 미마를 위해 새로 끓여 온 것이었다. 걱정스럽게 미마를 보는 부건도 눈에 들어왔다. 김 때문인지, 친구들도 거실 풍경도 왠지 흐릿해 보였다.

"얼굴이 창백해."

다흡이 걱정스럽게 미마의 손을 잡으며 물었다.

미마가 힘없이 고개를 저었다.

"기분이 이상해……."

"눈앞이 흐리고, 추워?"

부건이 물었다. 미마가 고개를 끄덕이자 부건이 한숨을 쉬었다. 이미 싱커 통신에 같은 증세에 대한 담론이 공유되고 있었다. 아이들은 그걸 동일시 증후군이라 불렀다.

다흡은 미마의 등을 토닥였다.

"괜찮아질 거야."

그제야 물고기가 든 유리 항아리가 눈에 들어왔다. 다흡이 가져다 놓은 것이다. 다흡의 섬세한 마음에 미마는 감동했다. 무심히 헤엄치는 물고기가 어느 때보다 애틋하게 느껴졌다. 죽음의 순간 느낀 공포가 쉽게 떨쳐지지 않았다.

"괜찮아. 우린 지겹도록 오래 살 거잖아."

미마의 기분을 눈치챈 부건이 달래듯 말했다.

시안 사람들이 장수하는 건 모두가 아는 사실이지만 이 순간 미마는 전에는 한 번도 해본 적이 없는 생각이 떠올랐다. 내 반려수가 갑작스러운 죽음을 맞이한 것처럼 아무리 오래 살아도 언젠간 죽기 마련이라는.

"한 번뿐인 소중한 삶이라면 얼마나 오래 사는가보단 어떻게 사는가가 중요하지 않을까?"

미마의 말에 부건이 공감의 눈빛으로 고개를 끄덕이더니 말했다.

"아빤 훌륭한 과학자셨어. 밤잠도 잊으시고 연구에 몰두하셨지. 그렇게 갑작스럽게 돌아가실 줄이야……. 혼자 세상에 남겨진 것도 무서웠지만, 아빠가 연구의 결실을 맺기 전에 돌아가신 게 너무 슬펐어. 그래서 나도 시간을 잊고 몰두하는 버릇이 생긴 거야. 친구도 없었지. 지금은 이렇게 좋은 친구가 둘이나 생겼지만 말이야."

미마와 다흡은 부건의 어깨를 양쪽에서 토닥였다.

"동감."

미마가 말했다.

미마는 물고기가 마지막 순간에 자신에게 동조되어 움직인 것처럼 보였던 일이 단순한 기분 탓이 아니라는 걸 알게 되었다. 그 뒤로도 종종 그런 일이 벌어졌던 것이다. 그 이야기를 다흡과 부건에게 했더니 다흡도 그 정도까지는 아니지만 비슷한 경험을 했다고 했다. 영리한 부건은 둘의 이야기를 듣더니 싱크가 일방통행으로 이루어지는 것이 아닐 가능성이 있다고 말했다. 미마는 왜 자신에게 그런 일이 생기는지 곰곰이 생각한 끝에 나름의 해답을 얻었다.

미마는 통역 옵션을 택하지 않고 싱크하는 데 익숙하다. 동물 고유의 감각과 언어에 익숙해서 감정적 일치감이 강한 데다 의사 전달 과정에서 중간 단계가 생략된 것이니 그만큼 전달 속도도 빠를 터였다. 그런 일치감이 반려수의 감정만 일방적으로 수용하는 게 아니라 미마 고유의 감정도 전달할 수 있게 한 게 아닐까?

싱커 게임은 아무도 예상하지 못한 길로 한 단계 나아가는 중이었다.

05

기숙사 복도 반대쪽 계단참에 한 아이가 쪼그리고 앉아 있었다. 식당에서 종종 마주치는 욘이었다. 얼굴을 알아볼 수 있는 거리는 아니었다. 저녁이라 복도 조명이 어둡기도 했고. 하지만 미마는 단박에 알 수 있었다. 어떻게 그럴 수 있는지는 정확히 알지 못했다. 아마 냄새로? 예민한 후각의 수용 거리는 시각과 비교도 되지 않는다. 부건의 책에서 읽은 바로는 늑대나 곰 같은 짐승들은 수십 킬로미터나 떨어진 곳에서도 동료나 짝을 냄새로 찾을 수 있다고 한다.

미마의 감각은 어느새 현실에서도 동물적으로 발달해

있었다. 발달했다기보다는 원래 자신의 감각기관이 전달해왔으나 느끼지 못하던 것을 의식하게 되었다고 해야 할 것이다. 시각적 감수성도 성가실 만큼 예리해졌다. 사람들의 동작이 전에 없이 느려 보이고, 더 이상 색채가 단색으로 보이지 않았으며, 홀로그램의 겹침 현상과 끊김 현상이 심해졌다. 교감신경도 활발해져서 몸에 탄력이 넘치고, 근력이 늘어난 것도 아닌데 순간 폭발력이 좋아져 힘이 세진 느낌이었다. 미마는, 달라 보였다.

욘이 자기를 기다렸다는 걸 느낌으로 알았기에 미마는 타박타박 욘 앞에 가 섰다. 욘이 바닥에 손가락으로 물고기를 그려 보였다. 그러곤 미마를 흘깃 올려다보았다. 미마는 말없이 고개를 한 번 끄덕였다.

"너에게 말을 걸고 싶었어. 그게 정말이니? 너한테 싱커의 상징인 이 물고기가 진짜로 있다고 하던데."

미마는 잠깐 고민하다 그렇다고 대답했다. 욘이 눈을 빛냈다.

"보여줄 수 없어? 나 말고 다른 애들도 보고 싶어 해. 한 번만 보게 해줘. 비밀은 꼭 지킬게. 싱커로서 맹세해."

욘이 두 손을 모아 쥐고 간절한 표정으로 미마를 보았다. 미마는 망설였다.

"제발, 딱 한 번만 보게 해주라. 응?"

"……그럼 딱 한 번만이야."

수천 년 동안 조상들이 잃어버렸던 눈을 되찾은 물고기. 아이들이 보고 싶어 하는 마음을 이해할 수 있었기에 미마는 거절할 수 없었다. 시안 아이들의 다수를 차지하는 늦둥이들의 삶은 무기력했다. 변화를 원한다는 것조차 모를 만큼.

다음 날 미마는 부건의 집에 들러 물고기를 특수 운반용기에 넣어서 학교로 가져갔다. 약속 장소인 비품실로 갔더니 이미 그 안은 모여든 아이들로 발 디딜 틈이 없을 정도였다. 싱커들이 오늘처럼 공개적으로 모인 적은 처음이었기에 미마는 당황했다. "조용히 해!" "밀지 마!" 하는 속삭임들로 가득 찼다. 아이들이 길을 터주어서 가운데로 간 미마는 물고기가 든 용기를 꺼내 바닥에 놓았다. 작고 희미한 존재에 불과한데도 숨죽인 탄성이 터져 나왔다. 아이들은 물고기를 조금이라도 가까이서 보려고 서로 밀쳐댔다.

"싱커 통신에 올라온 글을 봤는데, 이 물고긴 원래 눈이 없었다며?"

아이들이 호기심 가득한 눈으로 미마를 일제히 바라보았다. 부건이 올려놓은 역진화에 대한 이야기를 읽은 모양이었다.

“아니야. 처음에는 눈이 있었어.”

미마가 웃으며 말했다.

“다시 한번 잘 읽어봐. 그런 이야기가 아니니까.”

질문했던 아이가 머리를 긁적였다.

“두 번이나 읽어봤어. 하지만 어려워서 무슨 말인지 잘 모르겠더라고.”

그때 문이 열렸다. 화들짝 놀란 아이들이 얼른 물고기를 가리려고 했지만 그러는 바람에 오히려 눈에 더 띄고 말았다. 문에 선 사람은 운 나쁘게도 쯔칭이었다.

“아니, 쓰레기들이 여기 다 모여 있었네? 뭔 작당을 하고 있는 거야?”

미마는 얼굴이 파랗게 질렸다. 쯔칭이 아이들을 밀치며 들어와 물고기가 담긴 용기를 들여다보았다.

“물고기잖아! 동물을 학교에 가지고 오다니! 대체 이게 어디서 난 거야? 너희들, 설마 암시장이라도 간 거야?”

쯔칭이 황당하다는 표정으로 미마를 돌아보았다. 미마는 입술을 질끈 깨물었다. 부건이 말릴 때 들었어야 했는데, 탕쯔칭이 나타나리라고는 정말이지 생각도 못 했다.

“긴말할 거 없고, 지역 수호대에 신고할 테니 나머진 거기 가서 이야기해."

쯔칭이 심술궂게 말했다.

미마는 지친 표정으로 취조실에 앉아 있었다. 이런 곳에 와보는 게 처음인 데다 중압감 때문에 머리가 멍했다. 취조하는 사람은 어디서 어떻게 그런 불법 상품을 취득하게 됐는지를 집중적으로 물었다. 미마는 겁먹은 여자아이 연기를 하면서 눈물 콧물을 흘리고 그저 우연히 누군가에게서 샀다, 그 사람은 암시장에서 샀다고 했는데 처음 보는 사람이라 잘 모른다는 식으로 둘러댔다. 미마가 하도 겁먹은 모습으로 순진하게 말했기 때문에 수호대 사람은 긴가민가하는 눈치였다. 조그만 여자아이가 작정하고 이런 일을 저질렀을 것 같지는 않은 모양이었다.

하지만 교대하여 들어온 사람은 달랐다. 바이오옥토퍼스 사에서 나왔다는 검은 양복을 입은 남자는 눈빛부터가 예사롭지 않았다. 그는 미마 맞은편 의자에 앉더니 한참을 아무 말도 없이 미마를 바라보았다. 서서히 그 눈길에 짓눌리는 기분이 들 때까지. 미마는 다시금 순진무구한 표정으로 눈물을 닦는 시늉을 하면서 먼저 말을 꺼낼 수밖에 없었다.

"저…… 제 물고기를 돌려받을 수는 없나요? 물고기는 감염 위험이 있는 동물이 아닌데요. 제가 늘 물도 소독해주었고요."

"나한테 연기는 안 통한다."

그 사람의 목소리는 얼음처럼 차가웠다.

"어디서 났느냐. 그것에 대해 어느 정도 알고 있지?"

그가 '그것'이라고 말할 때의 섬뜩한 느낌에 미마는 움찔했다. 물고기에 대해 무언가 안다는 느낌이 들었다.

그때 문을 두드리는 소리가 나더니 부건이 들어와 인사를 했다.

"부건아!"

미마가 반가움에 벌떡 일어났다.

"앉아."

남자가 차갑게 말했다. 미마는 움찔하며 다시 앉았다.

"무슨 일이냐?"

부건이 평소와는 전혀 다른 어른스러운 태도로 남자에게 손을 내밀었다.

"저는 바이오옥토퍼스의 전임 연구원이었던 장현수 박사의 아들입니다."

부건이 손을 내민 건 아버지의 전자 명함을 전하기 위해서였다. 남자가 자기 손을 부건의 손 쪽으로 가져가 통신을 주고받았다. 여전히 뱀처럼 차가운 눈은 부건을 보는 채였다.

“저희 아버지에 대해선 잘 아시죠. 얘가 당황해서 뭐라고 주워섬겼는지 모르지만 저를 보호하느라 한 얘기였을 거예요. 그 물고기는 아버지의 연구에 쓰이던 실험 자원이에요. 엄밀히 말해 실험 자원의 후손이죠. 사실 실험 자원을 개인 소장하는 건 규칙에 어긋나지만 돌아가신 아버지의 추억을 간직하고 싶었어요. 죄송합니다.”

미마는 긴장을 억누르며 두 사람을 번갈아 바라보았다. 부건의 임기응변에 감탄했다. 장 박사의 연구는 바이오옥토퍼스 안에서 이루어진 합법적인 실험이었고, 그분이 고인이 되지 않았더라면 시안에 획기적인 변화를 가져왔을지도 모른다. 역진화 발생기가 거짓이 아닌 이상 역진화 발생기를 통해 탄생한 실험동물도 있을 수 있었다. 남자는 입가에 야릇한 미소를 머금고 부건을 보았다.

“앤 아무 잘못 없어요. 저희 집에 놀러 왔다가 이 물고기를 보고는 친구들한테 자랑할 욕심에 그만 학교에 가져간 거죠. 잘못은 저한테 있어요. 하지만 물고기는 아버지의 유품과 같으니 돌아가신 아버지를 봐서라도 돌려주셨으면

합니다. 다시는 이런 일이 없도록 제가 단단히 주의를 기울이겠습니다."

남자 얼굴의 미소는 눈빛과 부조화를 이루어 가면 같은 느낌을 주었다. 남자가 뭔가를 생각하는 사람처럼 느릿느릿 대꾸했다.

"그러려무나. 그나저나 장 박사는 아주 똑똑한 아들을 두었구나."

수호대 대장에게 잔소리를 한바탕 들은 후 겨우 지역 수호대 건물을 나서자 미마는 잔뜩 주눅 든 표정으로 부건을 보았다.

"고마워. 그리고 미안해."

부건은 손에 물고기 박스(행여라도 물고기가 눈에 띄지 않도록 수호대에서 준 이동 박스였다. 처음엔 돌려주지 않으려 했으나 다른 대원이 와서는 상부의 지시가 내려왔다며 돌려주라고 말했다.)를 든 채로 한숨을 쉬었다. 미마를 보는 눈빛에 살짝 수심이 어려 있었다. 평소 같으면 잔소리를 퍼부었을 텐데 아무 말도 없는 부건이 이상해서 미마는 눈치를 살폈다.

"그 남자 말이야……."

"응. 뭐?"

부건이 손가락으로 이마를 매만졌다. 뭔가 안 풀리는 생각이 있을 때의 버릇이었다.

"좀 이상해. 그 남자, 물고기에 대해 뭔가 알고 있는 것 같아."

미마는 고개를 마구 끄덕였다.

"맞아. 네 말을 다 믿는 것 같지도 않았고. 그런데 왜 우릴 순순히 보내준 거지? 네가 들어오기 전까지만 해도 거의 날 잡아먹을 기세였는데. 네 아버지 덕분일까?"

"그럼 다행이고. 그나저나 새롭고 달갑지 않은 소식이 있어."

부건이 한쪽 입꼬리를 일그러뜨리며 말했다. 미마가 눈을 휘둥그레 뜨고 부건을 보았다.

"쯔칭이 싱커 게임을 안대."

늪지의 붉은따오기들이 하늘을 향해 일제히 목을 뽑고 울었다. 부채머리독수리가 유유히 큰 원을 그리다가 성가시다는 듯 날아가 버렸다. 프로그램된 대로 쏟아지던 비는 이제 거의 잦아들었다. 귀여운 카피바라 새끼가 물 위로 고개를 불쑥 내밀었다. 수면이 일렁였다. 붉은원숭이들이 컹컹 짖어대는 소리가 저 높은 곳으로부터 들려왔다.

아마존의 실경과 겹친 디지털 공간, 싱커 스페이스는 아이들의 명랑한 목소리로 가득했다. 아마존에 접속한 싱커들이었다. 싱커들은 아마존을 뛰고 날고 헤엄치면서 수다를 떨었다. 게임에 입장할 때 고유명을 써서 그룹별로 경험을 나누기도 했다.

오셀롯 한 마리가 치렁치렁한 열대 덩굴 아래를 어슬렁거렸다. 오셀롯은 퓨마보다 몸집이 작은 아름다운 고양잇과 동물이었다. 동시에 싱커 스페이스에 새로운 이름이 떠올랐다. '탕쯔칭'. 탕쯔칭이 접속한 것이다.

—탕쯔칭!

—탕쯔칭이다.

—쯔칭이 싱크했어!

아이들의 속삭임이 파문처럼 퍼져나갔다. 탕쯔칭은 디지털 대화 기능은 모르는 듯했다. 쯔칭은 처음 경험하는 아마존의 마력에 흠뻑 빠져드는 중이었다. 게다가 자신의 반려수는 얼마나 멋진가. 쯔칭은 제 반려수의 능력을 확인하고 싶어 안달이 났다. 하지만 오셀롯은 무심하기만 했다.

오셀롯의 머리 위쪽 나무들을 따라 테이라족제비 세 마리가 살금살금 지나갔다. 이 테이라족제비 무리는 강 동쪽의 늪에서 오십여 미터 떨어진 숲에서 왔다. 맹수들보다 체구는 작지만 용맹성은 뒤지지 않았고, 영리하면서 단결력도 강했다. 하지만 영역에서 그리 많이 벗어나는 동물은 아니었다. 이 테이라족제비들은 미마, 다흡, 부건 세 싱커와 함께하고 있었다.

오셀롯은 조금 더 숲 안쪽으로 들어갔다. 우거진 잎과 가지를 뚫고 스민 빛이 오셀롯의 아름다운 몸뚱이에 아롱졌다. 오셀롯은 아직 배고프지 않은 듯 여유로웠다. 그때였다. 테이라족제비 중 한 마리가 꼬리와 뒷발로 나뭇가지에 매달린 채 앞발로 오셀롯의 등을 할퀴었다. 오셀롯은 깜짝 놀라 위를 올려다보았다. 부건의 반려수는 이미 더 위쪽 가지로 달아난 뒤였다. 그러고는 멈춰 서서 약 올리듯 오셀롯을 할끔거렸다. 오셀롯은 화가 나서 부건을 뒤쫓아 나무를 오르기 시작했다. 고양잇과 동물인 데다 퓨마보다 훨씬 덩치가 작아서 오셀롯도 나무를 잘 탔다. 부건은 요리조리 건너뛰며 잽싸게 달아났다. 부건의 반려수를 뒤쫓는 데 몰두한 나머지 오셀롯은 자기가 어느새 너무 높이 올라왔다는 것도 알지 못했다. 아무것도 모른 채 숨넘어갈 듯 신이 난 쯔칭의 목소리가 셋의 머릿속에 울렸다.

— 잡아! 죽여버려!

일방통행으로 들려오는 쯔칭의 목소리엔 잔인성이 번들

거렸다. 처음엔 그저 가볍게 골려주려는 생각이었는데, 쯔칭이 살기를 드러내자 상황이 약간 급박해졌다. 부건의 반려수가 잡힐 판이었다. 부건이 거의 잡히기 직전, 측면에서 잠복한 미마와 다흡이 오셀롯을 향해 몸을 던졌다. 뜻밖의 공격인 데다 테이라족제비 두 마리의 체중이 한꺼번에 실리면서 오셀롯은 그만 나뭇가지에서 중심을 잃고 뒷발이 주르륵 미끄러져 내렸다. 미마와 다흡의 반려수는 굵고 힘센 꼬리로 나뭇가지를 감으면서 균형을 잡았다. 오셀롯은 나뭇가지를 긁어대면서 미끄러져 내리다가 겨우 앞발로 대롱대롱 매달린 모양새가 됐다. 오셀롯은 유연하고 허리 힘이 좋으니까 금세 중심을 잡고 나무 위로 뛰어올랐을 것이다. 하지만 이때를 놓치지 않고 부건이 돌아서서 오셀롯의 얼굴을 앞발로 거세게 할퀴었다. 오셀롯은 결국 아래로 떨어졌다.

"캬아앙!"

오셀롯이 울부짖는 소리와 함께 쯔칭의 비명이 통신 채널로 울려 퍼졌다. 오셀롯은 두 바퀴 회전해 겨우 바닥에 착지했다. 숲 바닥에 두텁게 깔린 썩은 잎들이 매트리스 구실을 했다. 오셀롯은 절뚝거리며 달아났다. 오셀롯에게야 큰 타격이 안 됐겠지만 쯔칭은 거의 얼이 달아났을 것이다.

— 어이, 도련님! 난생처음 맛보는 추락이 어떠냐? 높은 자리에 있을 때 너무 까불지 말란 말이야!

부건이 채널의 쌍방향 버튼을 잠시 열어 소리쳤다.

— 너, 넌 누구야?

쯔칭이 숨을 가쁘게 몰아쉬며 악을 썼다.

셋은 싱크를 종료했다. 그러나 미마는 싱크를 끝내지 못했다. 누군가, 아니 무언가가 자신을 부른다고 느꼈던 것이다. 미마는 동물적 본능으로 그것의 정체를 좇았다.

인간의 언어는 절대 아니었고, 신아마존의 경계벽에서 나오는 인공 바람을 타고 날아오는 곤충의 페로몬이나 신경을 찢는 초음파와도 달랐다. 굳이 비유하자면 신경세포에서 신경세포로 전달되는 전기신호와 비슷했다. 그 강도가 거미줄 굵기에서 밧줄 굵기로 세진.

찰나와 같은 순간, 미마를 부르던 신호가 희미해지며 뒤로 물러나는 것이 느껴졌다. 미마는 신호를 놓치지 않으려고 근처를 지나던 재규어에게 싱크 전환했다. 호기심과 투지는 재규어가 잘 이해하는 것이었다. 동조된 재규어는 힘차게 달렸다. 이미 신호는 사라졌으나 그 잔상을 쫓아 미마는 동굴 지대 입구에 이르렀다.

재규어는 당연히 들어가려 하지 않았다. 미마는 숲의 어스름에 마실 나온 박쥐로 옮겨 싱크했다. 박쥐는 어리둥절한 듯 약간 비틀거리며 다시 동굴 안으로 날아 들어갔다.

어둡고 축축했다. 박쥐 동료들의 고주파가 사방에서 부딪혀 왔다. 미마의 반려수도 고주파를 쉼 없이 날려 보냈다. 그러자 공간이 느껴졌다. 폭이 좁고 길게 뻗은 동굴이었다. 미마는 내처 나아갔다.

얼마나 날아갔을까. 반려수의 난데없는 두려움이 미마를 흠뻑 적셨다. 어둠 속, 약 20미터 전방에 그것들이 있었다. 꿈틀대고 까슬까슬하고 찍찍거리는 것—펼쳐진 융단 같은, 그러나 부피가 있는, 무수히 많은 발들의 진동. 우글거리고 사방으로 퍼져나가며 무서운 속도로 다가오는 것들. 박쥐는 허둥대다 무언가에 부딪혀 바닥에 떨어졌다. 그러나 바닥은 딱딱하지 않았다. 이미 그것들에 장악되어 있었던 것이다. 반려수가 절망적인 고주파의 비명을 사방으로 쏘아 보냈다. 하지만 늦었다. 박쥐는, 파도처럼 밀려드는 덩어리들에 눌리는가 싶더니 사방에서 덤벼드는 날카로운 이빨에 산산이 찢겨버렸다.

06

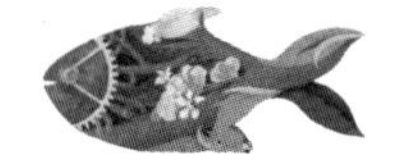

미마의 반려수는 나무를 휘감은 리아나 덩굴을 길 삼아 올라갔다. 우묵한 접시 같은 잎사귀에 빗물을 머금은 브로멜리애드가 앞을 막았다. 브로멜리애드는 나뭇가지에 쌓인 흙에 뿌리를 내리는 열대 난초였다. 미마는 그 화려한 꽃 연못 위로 몸을 던졌다. 그 전에 천적이 있는지 살피는 것도 잊지 않았다. 먼저 와 있던 어린 도마뱀 한 마리가 물살을 튀기는 친척을 호기심 어린 눈으로 보았다. 미마는 그제야 긴장을 푼 채 헤엄쳤다. 앙증맞은 네 개의 발가락 사이로 물이 미끄러져 나갔다.

대체 그 끔찍한 동물은 뭐였지? 미마는 어제 동굴에서 반려수인 박쥐를 순식간에 해치웠던 정체 모를 괴생물들 때문에 내내 심란했다. 자기 때문에 애꿎게 희생된 박쥐 때문에도 죄책감이 들었다.

'나를 불렀던 건 또 뭐지?'

이런 의문들과 함께 싱커에 푹 빠져 잊고 있었던 미스터리가 다시 떠올랐다.

자연사 수업 시간. 칸이라는 아이가 보낸 영상 속에서 아름답게 반짝이던 반딧불이들. 그 또한 동굴 속의 생명이라 하지 않았던가. 그런데 동굴 깊숙한 곳에서 만난 기괴하고 섬뜩한 것들은 또 뭐란 말인가.

그때 저 아래서 피비린내가 올라왔다. 마음을 불안하게 하는 냄새였다. 미마는 호기심 많은 마코앵무에 싱크해서 아래쪽으로 날아 내려가 보았다.

암사슴 한 마리가 날카로운 이빨에 목이 물려 죽어 있었다. 신아마존에서는 희귀한 종이었다. 처음 신아마존이 건설되었을 때 세계 각지에서 열대 동물들이 공수되어 왔다. 그래서 신아마존은 풍요롭지만 얼마간 혼란스러운 생태계가 되어버렸다. 오랜 세월 서로 만날 일이 없던 동물들이 뒤섞이게 되었던 것이다. 결국 치열한 다툼 끝에 새로운 먹이사슬이 정착되었다. 그동안 생존에 실패한 종들도 많았다. 습지의 갈대를 먹이로 삼는 이 사슴종도 힘겹게 백여 년을 보내는 사이에 거의 멸종 위기에 처하고 말았다.

미마는 처음에 동물들이 먹고 먹히는 나날의 일과 속에서 어떻게 신경증에 걸리지 않는지 궁금했었다. 그러나 숲에 대해 자세히 알게 되자 궁금증은 자연스레 풀렸다. 숲에는 배고픈 동물보다 그렇지 않은 동물이 훨씬 더 많았다. 배고픈 포식자의 흥분은 화학적 경고로 주위의 피식자들에게 전달되었다. 그 범위는 발정기의 암컷이 수컷을 부를 때 페로몬이 미치는 범위에 비하면 훨씬 좁았다. 즉 공포감은 근접거리 안에서만 영향을 미쳤다. 만약 포식자가 배고프지 않다면 바로 몇 미터 앞을 지나가도 피식자들은 신경 쓰지 않았다.

미마는 암사슴을 살펴보았다. 이 사슴종이 생존 경쟁에서 밀려나 아마존에서 멸종한다 해도 어쩔 수 없는 일이다. 하지만 이 암사슴은 뜯어 먹힌 흔적이 없었다. 배고프지 않은데도 죽인 것이다.

설마, 싱커 중 누군가가 저지른 짓일까?

그럴 리가 없다. 미마는 고개를 저었다. 싱커 메커니즘의 기본은 감각의 동조가 감정의 동조로 전이되는 것이다. 반려수의 본능에 어긋나는 일을 싱커가 하게 만들 수는 없다.

머리 위쪽에서 거미원숭이들의 명랑한 소리들이 들려왔다. 미마가 아는 아이들이 거미원숭이 무리에 떼로 싱크해 놀고 있었다. 부건과 다흡도 같이 어울려 놀고 있었다. 부건은 거미원숭이들을 사랑했다. 긴 네 다리와 꼬리를 이용해 우아하게 나무와 나무를 누비는 거미원숭이들의 모습은 숲의 위층에서 가장 흥겨운 풍경이었다.

다른 편으로는 등에 올챙이를 업고 부지런히 나무를 기어오르는 파란 독화살개구리가 보였다. 숲 바닥에 알을 낳았던 독화살개구리가 알이 부화하자 저렇게 숲의 중간층으로 옮기고 있는 것이다.

강물이 숲의 가장자리로 퍼져나가고 있었다. 수위가 천천히 높아지는 게 확실해졌다. 하지만 시스템에 문제가 생겼다는 증거는 어디에도 보이지 않았다. 대체 신아마존에 무슨 일이 일어나고 있는 걸까.

그때 갑자기 다급한 부건의 목소리가 머릿속에서 울렸다.

— 미마, 도와줘!

— 무슨 일이야?

— 쯔칭 패거리가 쳐들어왔어! 쯔칭이 다른 싱커들을 끌고 왔다고.

미마는 숲의 꼭대기 층 둥지에서 먹이를 찢고 있던 부채머리독수리에 싱크했다. 독수리는 경계벽에서 불어오는 인공 바람을 타고 날아올랐다.

싸움터는 이미 온갖 크고 작은 새들의 울음소리로 시끌벅적했다. 아마존의 싱커들이 싸움의 흥분에 이끌려 사방에서 몰려든 것이다. 몸집이 큰 붉은원숭이 무리들이 목을 부풀려 우렁차게 짖어대며 거미원숭이의 나무 위 마을을 공격하고 있었다. 거미원숭이들은 새끼들을 등에 업은 채 이리 뛰고 저리 날며 두려움과 흥분에 떨었다. 부건과 다흡은 새끼가 딸린 어미 원숭이들을 몸이 무거운 붉은원숭이가 따라오지 못하는 나뭇가지까지 피신시키려 애썼다. 젊은 수컷 거미원숭이들은 마치 곡예를 하듯이 나무와 나무 사이를 날며 붉은원숭이들의 주의를 교란했다.

쯔칭의 반려수는 패거리가 닥치는 대로 거미원숭이들을 뒤쫓고 물어뜯고 두꺼운 발바닥으로 후려갈기는 동안 부건을 찾아다녔다.

— 부건! 미마! 나와라! 안 그러면 거미원숭이들을 다 죽여버릴 테니까!

쯔칭의 의기양양하고 잔인한 목소리가 싱커들의 머릿속에 울렸다. 그러고 나서 쯔칭은 자기 존재를 알리기 위해 가슴을 펴고 일어서서 우렁차게 짖었다.

미마는 큰 충격을 받았다. 쯔칭은 싱커로서 다른 아이들이 자연스럽게 다다른 영역을 훌쩍 뛰어넘은 상태였다. 그리고 그것은 자연의 본성을 넘어서는 힘이었다. 저것이 유전자 귀족의 특별함인가. 미마는 두려움을 느꼈다.

긴장과 분노로 굳은 거미원숭이 한 마리가 쯔칭 앞에 나타났다. 부건의 반려수였다. 떠들썩하던 싱커 스페이스가 일제히 숨을 죽였다.

— 복수를 원한다면 밖에서 만나자. 애꿎은 거미원숭이들한테 무슨 짓이야. 넌 싱커 자격이 없어.

부건이 말했다.

— 네까짓 게 뭔데 자격 운운이냐. 늦둥이들과 어울리다 보니 현실을 잊었나 본데, 이제 여기도 우리가 접수한다!

탕쯔칭의 붉은원숭이가 부건의 반려수를 붙잡더니 목을 물어뜯었다. 부건의 반려수 목에서 피가 튀었다. 금세 반려수의 몸이 축 늘어졌다. 미마는 피가 거꾸로 치솟는 걸 느꼈다. 그건 바깥세상에서, 다흡이 쯔칭에게 당하는 걸 보았을 때와는 또 다른 분노였다.

— 탕쯔칭!

신아마존 꼭대기 층의 최강자 독수리는 격한 분노로 활

활 타는 전투기처럼 적을 향해 내리꽂혔다. 강력한 발톱이 붉은원숭이의 살을 찢고 뼈를 찍었다. 순식간에 붉은원숭이의 어깨가 피투성이가 되었다.

—아악!

쯔칭이 고통스러운 비명을 질렀다. 쯔칭의 반려수는 거미원숭이를 놓고 아래로 추락했다. 쯔칭의 끔찍한 비명 소리가 다시금 울려 퍼졌다. 동시에 싱커들이 떠들썩하게 환호성을 질렀다. 미마는 독수리를 놓아주고 근처를 어슬렁대던 검은 재규어에 싱크했다. 재규어는 원숭이에게 달려들었다.

공포에 질려 그대로 굳어버린 원숭이의 눈을 보고 아차 했을 때는 이미 늦었다. 재규어의 발치에는 조금 전까지 살아 숨 쉬는 생명이었던 원숭이가 핏빛 살덩어리들로 변해 널려 있었다. 배가 고프지 않았던 재규어는 영문 모를 분노에서 놓여나자 어슬렁거리며 살육의 현장을 떠났다. 겁이 난 미마도 자신이 저지른 참상으로부터 허겁지겁 달아나려 했다.

그때였다. 미마를 비롯한 모든 싱커들에게 이상한 일이 일어났다.

싱커 상태에 전파 장애 현상이 일어난 것이다. 주위 세계와 동료들의 모습이 눈앞에서 지직거리고 지진이라도 일어난 듯 크게 떨렸다. 싱커들에게는 실제 상황과 다름없었기에 모두 놀라 허겁지겁 싱크를 끊었다. 그러나 미마는 그럴 수 없었다. 다시 한번 미마를 부르는 강력한 힘의 존재를 느꼈던 것이다. 미마는 마음속으로 외쳤다.

'너는 대체 누구니?'

그러자 그가 대답했다.

— 칸.

머릿속에서 울리는 그 소리의 메아리가 온 아마존의 숲과 대기를 뒤흔드는 것 같았다. 칸, 칸, 칸, 카안! 순간 자신이 한 짓을 단죄하려는 거라 생각한 미마는 겁에 질려 거미원숭이로 싱크해 나무에서 나무로 날듯이 달아났다. 긴 팔이 허공에서 힘찬 포물선을 그렸다. 숨이 턱에 차도록 숲을 누볐지만 어디에도 몸을 숨길 만한 곳이 없었다. 미마는 작은 여우원숭이가 되어 낮은 나무 구멍 속에 숨었다. 그러자 힘차게 바람을 가르며 나무에서 나무로 건너뛰어 아래로 내려오는 소리가 들렸다. 미마는 죄지은 아이처럼 더욱 나무 구멍에 몸을 웅크렸다.

— 왜 달아나는 거지?

코앞에서 이야기하듯 생생한 목소리에 미마는 눈을 들

었다. 아주 키가 큰 소년이 거기 서 있었다.

얼굴은 몽골계다운 이목구비였는데, 팔다리는 마디가 하나쯤 더 있는 것처럼 길었다. 군살 하나 없이 길쭉하면서도 유연하고 강한 느낌을 주는 몸이었다. 오래 입어 실밥이 나달거리는 웃옷과 바지만 걸치고 있는데도 조금도 초라해 보이지 않았다. 고독 속에 살아온 사람의 서늘한 기운이 몸 전체를 감싸고 있었다.

— 난 널 해치려는 게 아니야. 도망칠 필요 없어.

미마는 풀이 죽어 고개를 떨어뜨렸다.

— 미안해. 분노에 휩쓸려 아마존의 친구를 해치고 말았어. 쯔칭과 같은 짓을 한 거야.

— 그래. 분노는 아마존의 것이 아니야. 하지만 힘은 때로 길을 잃고 헤매다가 새로운 길을 찾기도 해. 그 또한 자연의 이치라고 엄마가 그러셨어.

미마는 둘이 대화를 하고 있다는 사실을 깨닫고 놀랐다.

— 넌 싱커가 아닌데 어떻게 나와 대화가 가능하지?

— 네 몸은 아마존에 있지 않지만 넌 지금 이곳을 보고 듣잖아. 나도 마찬가지야.

같은 공간에 있지 않으면 전기나 전파와 같은 기계적 도움 없이는 대화를 나눌 수 없다. 그런데 이 소년은 그런 힘을 빌리지 않고도 동물이나 사람과 모두 소통할 수 있다. 도대체 이 아이는 어디서 온 걸까? 미마는 불현듯 한 가지 생각이 스쳐 지나갔다. 혹시 쿠게오가 만든 게임 싱커는 바로 이 아이가 지닌 능력을 모방한 게 아닐까. 그러자 칸이란 이름을 어디서 들었는지도 떠올랐다.

—네가 그 칸이구나. 자연사 수업에 들어왔던.

미마는 가슴이 뛰었다. 드디어 그 칸을 만난 것이다.

—시안 아이들이 어떻게 사는지 궁금해서 그 전에도 들어간 적이 몇 번 있었어.

—그럼 넌 자연사 수업에 들어오기 전부터 나를 알았니?

칸이 고개를 끄덕였다.

—쿠게오에게서 내 물고기를 데려간 아이 이야기를 들었을 때 언젠가는 너를 만나게 될 거라 생각했어. 싱커 게임은 별로 마음에 안 들었지만 너희들이 아마존에서 무얼 하는지 보고 싶은 마음도 컸지.

—넌 시안의 시민이 아니지? 아마존에서 사는 거야?

칸은 대답하지 않았다.

잠시 침묵이 흘렀다. 칸은 위를 올려다보며 독특하고도 아름다운 울림을 띤 가사 없는 노래를 불렀다. 마치 새소리 같았다. 그러자 그에 화답하듯 사방에서 온갖 새소리가 들려왔다. 온 숲의 새들이 그 합창에 동참한 듯했다. 반딧불이 영상 이후로 다시 한번 신비롭고 아름다운 광경을 목격한 셈이었다.

참 이상했다. 온 감각이 초고감도 수신기로 변한 것처럼 숲의 모든 에너지, 모든 감정과 하나가 되는 느낌이었다. 각각의 감각이 따로따로 기능하는 게 아니라 새로운 차원으로 융합한 것처럼 — 지성을 가진 자연의 한 세포로 화한 것처럼 느껴졌다. 그때 수업에서 그랬듯이 칸은 자연의 새로운 비밀을 보여주는 듯했다.

칸은 미마의 반려수에게 손을 내밀었다. 미마의 반려수는 칸의 어깨 위에 올라앉았다. 칸은 발소리 하나 없이 가볍게 숲을 달렸다. 미마는 혹시 칸이 동굴로 가는 건가 내심 긴장했다. 하지만 칸이 발걸음을 멈춘 곳은 전망대로 가는 승강기 샤프트 밑이었다.

전망대는 신아마존을 보러 오는 관광객을 위해 숲의 꼭대기 층 높이에 건설된 다리 모양의 구조물이었다. 사방 벽은 유리로 되어 있으나 오랫동안 버려진 탓에 이제 회색으로 변하고 검푸른 이끼가 끼었다. 그러나 태양열로 움직이는 승강기는 원망도 회한도 없는 늙은 소처럼 느릿느릿 칸과 미마를 전망대 위로 올려주었다.

냉기가, 가장 먼저 둘을 맞았다.

난민촌의 서늘함도 전망대 내부의 냉기에는 비할 바가 못 되었다. 마치 커다란 냉장고 안에 들어온 기분이었다.

— 넌 오래는 못 있을 거야. 좀 추워서.

그런데 칸은 얇은 옷차림으로도 전혀 개의치 않는 것 같았다.

— 넌 이런 곳에서…… 살아온 거야?

칸은 미소 지었다.

칸은 전망대의 홀로그램 체험실을 방으로 쓰고 있었다. 종이책이 가득한 책장과 컴퓨터와 잠자리가 있을 뿐 썰렁하기는 매한가지였다. 미마는 동굴을 떠올렸다. 칸의 삶이 아무래도 이해가 되지 않았다.

— 쿠게오와는 무슨 관계지? 쿠게오는 왜 널 신아마존에 혼자 버려두는 거야?

그러다 미마는 벽에 걸린 사진 액자를 발견했다. 아름다운 여자가 두 사내아이를 안고 미소 짓고 있었다. 두 아이는 지금보다 어린 칸과 쿠게오가 틀림없었다. 미마는 어디선가 이 여자를 본 듯한 느낌이 들었다.

— 쿠게오 형은 형제나 다름없는 내 친구야. 쿠게오 형의 부모는 시안에서 불법 노동자로 일하다 일찌감치 돌아가

셨지. 그래서 엄마가 난민촌으로 돌아올 때 형을 데려왔다고 들었어.

미마는 그 여자를 어디서 보았는지 생각났다. 바로 부건의 집 책장에 놓인 액자에서 본 그 사람이었다. 부건 아버지의 전 부인이었다던. 그분은 난민촌으로 돌아와서도 연구를 계속한 것이 틀림없었다. 미마는 묻고 싶은 게 많았지만 무엇부터 물어야 할지 알 수 없었다.

— 미마.

칸이 문득 자신을 부르는 소리에 미마는 겨우 정신을 차렸다.

— 난 잠시 이곳을 떠나 있을 거야. 내가 필요한 일이 생기면, 나를 찾아.

칸이 무언가 기대하는 눈빛으로 미마를 보았다.

— 넌 할 수 있을 거야.

미마는 현실로 돌아오고 나서야 정작 궁금했던 건 하나도 묻지 못했다는 걸 깨달았다. 칸은 왜 싱커들을 아마존에 들여놓는 걸 찬성했을까? 왜 그 물고기를 쿠게오에게 가져다준 걸까? 왜 미마의 수업에 들어온 걸까? 그 동굴 속에는 무슨 비밀이 있는 걸까?

칸은 미마에게 무엇을 원하는 걸까? 아니, 칸은 어떤 존재일까?

부건은 미마에게서 칸의 이야기를 듣자 충격을 받은 모양인지 한동안 꿀 먹은 벙어리처럼 앉아 있었다.

“칸의 힘은 어디서 나오는 걸까?”

미마가 부건에게 물었다. 부건은 눈을 내리깐 채 잠시 말이 없었다.

“칸의 어머니가 우리 아버지의 전 부인이 틀림없다면, 그분이 그곳에서 연구를 계속했다면…… 가설은 세울 수 있겠지. 너무 엄청난 일이라 쉽게 믿기 힘들지만.”

“어떤 가설?”

부건은 펜 컴퓨터에 명령을 보냈다. 털가죽 옷을 입은 기골이 장대한 남자가 홀로그램 공간에 나타났다.

“앞선 빙기에 살았던 선사 인류에 대한 상상도야.”

미마는 호기심 어린 눈으로 남자의 영상을 살펴보았다.

“내가 본 칸의 모습과 비슷해.”

“내 짐작이 맞았구나. 남겨진 뼛조각과 유물로 우리가 알 수 있는 건 뇌의 크기가 현생 인류와 비슷했다는 것과, 키가 아주 컸다는 거야. 구세계 인류보다도 더 말이야. 그리고 가족이 죽으면 땅에 묻고 장례를 치러줬고, 간단한 도구를 만들었고 조각이나 그림 같은 예술 행위도 했고…….
하지만 그들의 내면세계나 실제 생활을 깊숙이 알지는 못하지, 물론."

인류사 시간에 본 적 있는 동굴 벽화가 벽 한 면을 가득 채웠다. 그 크기와 함께 압도할 듯 선명한 색감과 질감이 바로 눈앞에서 보는 듯 생생했다. 붉고 검은 안료로 그린 소와 말이 금방이라도 살아서 꿈틀댈 것 같았다. 동물의 겉모습만이 아니라 내면까지 빨아들여 그 정기로 그린 듯한 그림이었다.

"다시 봐도 역시 믿기 힘들어. 수만 년 전 사람들이 이렇게 예술적이고 지적이었다는 게 말이야. 나도 저렇겐 못 그릴 것 같은데."

미마가 감탄하며 말했다.

부건이 고개를 저었다.

"예술적이고 지적이어서 저렇게 그릴 수 있었던 게 아냐. 문명의 다음 단계로 넘어가면 저런 그림은 더 이상 나타나지 않아. 마치 유치원생 그림같이 되어버린다고. 자연을 개념화할 수 있는 의식이 인류에게 생기면 말이야."

"정말?"

"그때 사람들은 시간을 이해하지 못했고 번개가 왜 치는

지도 몰랐어. 그리고 사물을 개념화하는 능력도 없었지. 바깥세상의 정보는 우리 감각에 매 순간 엄청나게 쏟아져. 그걸 거르고 개념화하지 않으면 고차원적인 사고를 할 수 없지. 현생 인류의 조상이 그 이전의 유인원들과 달랐던 게 바로 그거였어. 진화는 뇌 용량이나 겉모습에서 일어난 게 아니라, 뇌 속에서 일어난 거야. 뇌 속에 어떤 연결이 생겨난 거지. 전에 없던 다리 같은 게."

미마로선 신기하게만 느껴지는 이야기였다.

"우리 현대인의 뇌 속엔 진화 단계에서 거쳐온 세 개의 뇌가 중첩되어 있어. 파충류의 뇌, 포유류의 뇌, 그리고 인간의 뇌. 파충류의 뇌가 본능적인 부분을 담당하고, 동물의 뇌가 감각적인 부분을 담당하고, 인간의 뇌는 분석과 종합 따위 사고를 담당하는 거야. 물론 나머지 뇌도 나름의 기능을 하지만 주도적인 뇌에 지배되고 있어 의식하기는 어렵지."

부건이 홀로그램 공간에 다채로운 단계로 이루어진 빨간색의 팔레트를 불러냈다.

"이걸 봐. 우린 이걸 빨강이라고 불러. 그럼 이 비슷하면서도 다른 수많은 색조들은 그냥 똑같이 빨강이 되어버려. 이런 식으로 어느 순간 우리가 붙인 개념이, 필터를 거친 의식이 진짜 현실을 대신해버려. 무슨 말인지 이해하겠어?"

부건이 의자에서 일어나 방 안을 서성대기 시작했다.

"그런데 가끔 서번트(savant)들이 나타났어. 대도시 하나를 단 한 번 본 것만으로 세부의 세부까지 똑같이 그려내고, 배우지도 않은 악기를 일급 연주자처럼 연주하고, 교향곡을 단 한 번 듣고도 그대로 연주할 수 있고, 몇백 년 전의 날짜만 대면 그날의 요일을 말할 수 있고, 파이 소수점 뒷자리를 무한대로 암송할 수 있고……. 뇌와 감각의 영역에서 신비롭고 초인적인 능력을 발휘하지만 정상적인 생활은 불가능한 그런 사람들 말이야. 과학자들이 연구해보니 선천적인 뇌 결함으로 뇌의 일부가 손상되자 그 보상으로 다른 쪽 뇌가 활성화됐다는 거야. 그러니까 그 신비로운 능력은 원래 우리 뇌가 가지고 있는 능력이란 거지."

"그게 우리 안에 원래 있는 능력이라면, 왜 그들은 되는데 우린 안 되는 거지?"

미마가 물었다. 부건이 손가락 두 개로 딱 소리를 냈다.

"스위치가 켜지지 않았기 때문이지."

미마는 긴장한 얼굴로 부건을 바라보았다. 부건이 흥분해 살짝 달아오른 얼굴로 미마를 마주 보았다.

"만약 우연적인 보상이 아니라 의식적으로 스위치를 켤

수 있다면? 우리에게 잠재된 능력의 무한대까지 끌어낼 수 있다면? 우리가 잃은 것들을 다시 불러낼 수 있다면? 미마, 무슨 일이 일어날지 알겠어?”

미마의 머릿속에 칸의 모습이 떠올랐다. 왠지 어지러웠다.

07

숲 가장자리에 선 나무들은 정강이를 물에 담근 채, 불어난 손님들을 무심히 내려다보고 있었다. 숲 바닥의 과일과 곤충과 양서류의 알과 올챙이 들을 포식하려고 물길을 따라 물고기들이 올라왔다. 그리고 그 물고기들을 노리고 새들이 날아왔나.

황금날개 칼리퀴는 까마귀처럼 검은 몸에 날개 깃털이 금빛인 새였다. 황금날개 칼리퀴의 둥지는 거대한 케이폭나무 밑동에 달린 벌집 바로 위에 있었다. 어떤 천적도 감히 접근하지 못하는 천혜의 요새였다. 하지만 물이 바로 턱

밑까지 올라온 지금, 벌집도 칼리퀴의 둥지도 위기에 직면해 있었다.

어미 칼리퀴에게 싱크했을 때 어미는 새끼에게 줄 먹이를 물어 나르던 중이었다. 다흡은 반려수가 불안해하는 것을 느꼈다. 둥지 안에는 세 마리의 새끼가 있었다. 아직 회색 솜털이 보송보송하고 날개가 여물지 않은 새끼들이 먹이를 보채며 뾰족한 주둥이를 쫙쫙 벌렸다.

다흡의 반려수는 부리에 문 벌레로 새끼들을 입구까지 유인해냈다. 반려수의 불안과 혼란은 점점 더 강해져서 다흡을 힘들게 했다. 다흡은 차분한 마음으로 반려수를 안정시키고 설득하려 노력했다.

아마 인간이 서로 협력하면서 확신은 없으나 상대에 대한 믿음은 있는 상태가 지금 다흡의 반려수가 느끼는 심리와 비슷할 것이다. 다흡의 반려수인 어미 칼리퀴는 본능으로는 절대 할 수 없는 행동을 했다. 입구까지 끌어낸 새끼들을 한 마리씩 물 위로 밀어 떨어뜨린 것이다. 바로 밑에서는 커다란 들쥐처럼 생긴 초식동물 카피바라가 연잎을 밀고 와 새끼들을 받을 준비를 하고 있었다. 싱커의 작전 수행이었다.

두 마리는 무사히 접시 모양의 연잎 가운데에 떨어졌지

만 한 마리는 가장자리에 떨어지는 바람에 튕겨 올라 물에 빠지고 말았다. 카피바라가 얼른 주둥이로 밀어 올리려고 했지만 무리였다. 등딱지가 울퉁불퉁한 마타마타거북이 미끄러지듯 다가와 잽싸게 물고 가버렸다. 안타깝지만 어쩔 수 없는 일이었다.

카피바라는 연잎을 물가로 밀고 헤엄쳐 갔다. 물 위로 늘어진 나뭇가지에 꼬리로 매달려 있던 원숭이들이 앞발로 새끼 칼리퀴들을 들어 올려 나무 틈으로 훌쩍훌쩍 사라졌다. 어미 칼리퀴는 조바심치면서 뒤를 따랐다.

원숭이들은 다흡이 싱커 통신으로 알려준 좌표대로 새 둥지에 무사히 도착했다. 스틸트 나무 중간 높이에 난 주인 없는 아늑한 구멍이었다. 원숭이들은 새끼들을 조심스럽게 새 둥지 안에 넣어주었다. 역시 앞발을 손처럼 쓸 수 있는 영장류가 작전 수행에 앞장섰다. 다흡은 새끼의 냄새가 둥지에 밸 때까지 제 반려수의 마음을 다독이며 허공을 배회했다. 낯선 냄새를 거부한 나머지, 새끼까지 버리는 일이 없게 하기 위해서였다. 다흡은 새끼들이 얼마나 사랑스러운지, 오늘 얼마나 자랑스러운 일을 했는지 제 반려수에게 마음으로 속삭여주었다. 반려수의 불안은 차츰 가라앉았고 잠시 후 새 둥지의 새끼들을 보자 반갑게 울었다.

— 잘했어.

— 모두 고마워.

싱커들이 서로에게 따뜻한 격려를 보냈다.

같은 시간, 미마는 벌집에 있었다. 벌집을 구하는 가장 쉬운 방법은 여왕벌의 명령 페로몬을 벌집 구석구석 뿌리는 것이었다. 하지만 벌집 깊숙한 곳에 자리한 왕대(여왕벌의 방)에서 꼼짝 않는 여왕벌은 나노 비를 맞을 일이 없었다.

미마는 일벌 중 한 마리에 싱크했다. 왕대를 찾아 움직이자 보금자리에 촘촘히 들어찬 유충들이 머리를 쳐들고 턱으로 방 입구를 긁어댔다. 먹이를 조르는 몸짓이었다. 하지만 미마는 이들을 상대할 시간이 없었다.

여왕벌은 로열젤리로 부푼 몸뚱이를 여신처럼 평화롭게 뉘이고 있었다. 애벌레의 유모들은 바빠서 미마의 반려수에 신경 쓸 겨를이 없었다. 미마의 반려수는 여왕벌의 턱 가까이 다가가 페로몬을 분비하는 기관인 대시선을 자극하며 위기에 대해 전했다. 하지만 미마는 실망할 수밖에 없었다. 여왕벌은 너무도 노쇠하여 말벌이라도 쳐들어오지 않는 한 그녀를 움직이기는 힘들었다. 설령 명령 페로몬을 내놓는다 해도 벌집 전체를 장악할 수 있을지 의심스러웠다.

새로운 여왕벌 후보를 찾아야 했다. 여왕벌이 노쇠하면 다른 여왕벌의 탄생을 억누르는 계급 호르몬이 벌집 전체를 다스리지 못한다. 그러면 어느 구석에선가 반역의 새 기운이 일어난다. 일벌들이 새로운 여왕을 키우기 시작하는 것이다. 건강한 처녀 여왕은 일벌을 이끌고 새로운 왕국을 건설하기 위해 떠나게 된다.

어둡고 나른한 이 왕국의 변방에서도 분가의 기운이 일고 있을 게 분명했다. 미마는 확신을 가지고 벌집의 미로를 누볐다. 마침내 유모들이 몰래 로열젤리를 먹여 키운 새 여왕을 찾아냈을 때 미마는 희열을 느꼈다. 새 여왕은 젊고 건강했고 생산의 에너지가 넘쳤다. 아직 알을 낳은 적이 없는 처녀 여왕이었다. 미마는 감정을 가라앉혔다. 지금은 위기를 전달해야 했다. 페로몬 언어는 명확해야 했다. 미마는 젊은 여왕의 대시선을 자극했다. 그녀는 자신이 해야 할 일을 알았다. 그리고 받아들였다. 벌집 안의 젊은 일벌들이 부산한 움직임을 멈추고 이 특별한 페로몬 회의에 참여했다. 회의는 미마가 생각했던 것처럼 일방통행이 아니었다. 구여왕의 딸들이자 신여왕의 자매들인 일벌들은 새로운 기운에 동참할지 아니면 어머니 곁에 남을지 분주히 의견을 나누었다. 많은 자매들이 떠나는 데 뜻을 같이했다. 일벌들은 새 왕국의 충실한 국민이 될 어린 자매들과 알들을 챙겼다.

새 여왕이 자매들을 이끌고 왕국을 떠나 숲의 향기로운 공기 위로 날아올랐다. 미마도 그 뒤를 따랐다. 엄청난 희열의 일부로서 공기 중에 녹아드는 것 같은 느낌이었다. 이런 기분을 인간으로서 미마는 한 번도 맛본 적이 없었다. 한편으로 미마는 자괴감이 들었다. 이 조그만 곤충들의 삶을 바깥에서 내려다보는 사람들은 상상도 할 수 없겠지. 그러면서 무시하고 잘난 척하겠지.

미마는 떠나온 벌집을 내려다보았다. 늙은 여왕은 알과 유충과 함께 수장될 것이다. 그건 여왕다운 최후일지도 모른다. 마음속에 비애가 차올랐다.

미마는 숲을 보았다. 숲은 전혀 다른 세상이었다. 숲을 지배하던 초록색이 사라졌다. 익숙하던 형상도 사라졌다. 과학자들이 '벌의 자색'이라 부르는, 자외선에 버무려진 파란색과 노란색과 검은색 면으로 이루어진 추상화 같은 풍경이 눈앞에 가득 펼쳐져 있었다.

그러나 미마가 몸으로 느꼈듯 벌의 세계에서 빛깔은 그리 중요하지 않았다. 짙은 꿀 향기, 그걸로 충분했다. 강렬하게 이끄는 향기의 소용돌이 속에 녹아들며 미마는 행복을 느꼈다.

125층 중앙광장에 어김없이 표준시 19시의 어둠이 내렸다. 홀로그램 광고들이 신기루처럼 어른거리고, 카멜레온 야회복을 입은 사람들이 밤을 즐기려고 쏟아져 나왔다. 마법의 정원처럼 변한 광장 한 귀퉁이 사계절 공원의 여름 공원에 아이들이 슬금슬금 모여들기 시작했다.

사계절 공원은 가우디풍의 담벼락 미로로 이루어져 있는데, 여름 공원과 겨울 공원은 시민들의 발길이 거의 닿지 않았다. 지나치게 덥고 춥다는 이유에서였다. 그래서 언젠가부터 여름 공원은 아이들의 아지트가 되었다.

여름 공원은 로마 시대의 원형 광장처럼 관중석으로 둘러싸인 텅 빈 공터에 불과했다. 하지만 요즘은 저녁마다 아이들이 모여들어 떠들썩하게 놀았다. 오늘은 이른바 싱커 댄스가 펼쳐지고 있었다.

동물의 습성이나 동작에서 착안한 춤을 함께 추고 특별한 뜻이 없는 노래를 부르는 게 싱커 댄스의 시작이었지만 지금은 꽤 볼만한 공연으로 발전해 있었다. 원형의 관중석에는 끼어들 틈 없이 들어찬 아이들이 다 함께 추임새를 넣고 박수를 치며 즐거워하고 있었다.

새로운 팀이 나타나자 구경꾼들은 환호성을 질렀다. 춤꾼들이 팬티만 입고 얼굴과 몸에 붉은 물감으로 사자 분장을 하고 꼬리까지 단 채 나타났던 것이다. 열 마리의 사자 뒤로 북을 둘러멘 반주꾼이 뒤따랐다.

춤꾼들은 구세계의 자료를 보고 연습을 했는지 아프리카 원주민을 떠올리게 하는 동작에 사자의 몸짓을 가미해서 제법 멋들어지게 춤을 추었다. 으르렁거리며 앞발을 휘두르고, 펄쩍펄쩍 뛰어 물러나고, 다시 쿵쿵 전진했다가 둥글게 원을 이루며 돌았다. 아이들은 열광적으로 환호하며 함께 몸을 흔들었다.

오늘도 연구에 몰두한 부건을 남겨두고 다흡과 함께 나온 미마는 구경꾼들 틈에서 한 중년 남자가 박수를 치고 웃는 걸 보았다. 미마는 약간 경계심을 가지고 남자를 관찰해 보았지만 특별히 의심스러운 구석은 없었다. 미마의 시선을 느낀 남자가 미마와 눈을 맞추더니 싱긋 웃었다. 보통 키에 허리가 약간 구부정하고 선량한 미소를 가진 남자였다. 미마는 얼른 눈길을 돌렸다. 그러나 옆에 있던 아이들에게 뭔가 물어본 남자는 어느새 미마 곁으로 다가왔다.

"안녕."

인사를 한 남자가 손을 내밀었다. 미마는 당황해서 바닥으로 눈길을 떨어뜨렸다. 어른이 접촉 인사를 해오는 일은 거의 없었다. 그러나 남자의 몸짓은 전자 명함을 주기 위한 것이었다. 미마는 얼떨결에 손바닥을 내밀어 전자 명함을 받았다.

"난 인권위의 회보 기자이자 프리랜서 작가인 보리스라고 한다."

다흡은 웅얼거리며, 미마는 시큰둥하게 자기 이름을 말했다.

"반갑구나. 이…… 싱커 댄스라고 하던데, 이 공연을 취재해서 기사로 내려고 한단다. 인터뷰 좀 응해줄 수 있겠니?"

미마가 잔뜩 경계심 어린 눈길로 보리스 씨를 바라보았다. 싱커는 시안의 아이들만이 아는 비밀이었다. 언론에 알릴 수는 없었다.

"이 놀이의 기원이라든지, 이 놀이 문화가 너희들에게 미치는 영향이랄까 그런 게 궁금한데……."

"이건 그냥…… 유행인걸요. 자연스럽게 생겨났고 또 그렇게 시들해지겠죠. 아닐지도 모르고요."

미마의 말에 보리스 씨가 미소를 지었다.

"사실 기사를 쓰다 보면 모든 일에 의미를 부여하는 버릇이 생긴단다. 그렇긴 하지만 내 눈엔 요즘 너희들이 어딘가 달라진 것처럼 보여서 말이다."

미마는 대답하지 않았다. 북소리에 맞춘 싱커 댄스와 아이들의 추임새를 잠시 바라보던 보리스 씨가 다시 미마를 돌아보았다.

"난 시안이 달라져야 하고, 달라질 거라고 믿고 있다. 언젠가는 말이지."

보리스 씨가 진지한 표정을 지었다.

"내가 청소년이었던 시절에 우리들이 그 변화의 초석이 되고 싶었지만 그러질 못했지. 그런데 너희들은 우리와는 좀 다른 것 같구나. 만나서 반가웠다. 혹시 나에게 알리고 싶은 얘기가 있거나 내 도움이 필요한 일이 있으면 명함에 있는 연락처로 연락하렴. 나는 이만 물러가마."

미마는 보리스 씨가 여름 공원의 담벼락 너머로 사라질 때까지 뒷모습을 바라보았다. 마음이 괜히 심란했다.

구세계의 어른들에겐 영역 확보가 어려우면 찾아 떠날 개척지가 있었다. 시안의 아이들에겐 개척지라곤 없다. 얼어붙은 바깥세상과 도무지 자리를 비켜주지 않는 어른들에게 포위된 시안뿐. 보리스 씨의 격려는 무책임하다고, 미마는 생각했다.

공연이 한창 무르익을 즈음 예상치 못했던 일이 벌어졌다. 자치대 제복을 입은 노인들이 나타난 것이다. 자치대는 1세대 노인들이 시안의 질서를 유지하겠다며 자발적으로 만든 단체였다. 그들의 노란 제복은 주름을 좍 편 반질반질한 얼굴만큼이나 위화감을 자아냈다. 아이들이 웅성거리기 시작했다. 아이들은 당황하고 걱정되는 마음을 숨길 수 없었다. 봄 공원을 산책하던 노인들 가운데 자치대 소속이 있었던 걸까. 아니면 누군가 시끄럽다고 고해바친 걸까. 자치대 노인들은 질서 정연하게 걸어와 싱커 댄스를 추는 춤꾼들을 에워쌌다. 아이들보다 훨씬 키가 큰 데다 맞춰 입은 제복이 은근히 위압감을 주었다. 춤꾼들은 우리도 광장에서 놀 자유가 있다고 항의했다.

개중 젊은 축에 드는 백 살가량의 노인이 자못 엄숙하게 훈계를 시작했다.

"그래, 시민이라면 누구나 광장에서 평화로운 저녁을 누릴 권리가 있지. 너희들이 지금 하는 이…… 이……(노인은 적당한 단어를 찾느라 머뭇거렸다.) 괴상한 짓거리들과 그 동물 분장들이 오래전 커다란 비극을 겪은 사람들에게 고통스러운 기억을 불러일으킬 수 있단 걸 알아야 해."

"내가 이래서 자연사 수업 따윈 하지 말아야 한다고 늘

주장하는 거야."

다른 노인이 거들었다.

"하지만 우린 광장에 나가지도 않았어요. 이 구석에 처박혀 우리끼리 노는 것뿐이잖아요. 피해 준 것 없다고요."

사자 분장을 한 아이가 거칠게 항의했다.

"버릇없는 녀석, 이건 명백한 선동이란 걸 모르겠니?"

노인이 단호히 손을 들자 나머지 노인들이 일제히 동물 분장을 한 아이들을 끌어내기 시작했다. 춤꾼들은 몸부림치며 거세게 항의했다. 분노의 야유가 사방에서 쏟아졌다. 미마는 보리스 씨가 한 말이 떠올랐다.

'우린 그저 모여서 놀았을 뿐인데 핍박을 받는구나. 왜?'

그때 미마의 귀에 또렷이 들리는 목소리가 있었다.

"나 참, 폭도들이 따로 없잖아? 정말 어쩔 수 없는 쓰레기들이라니까."

미마는 소리가 들려온 쪽을 휙 돌아보았다. 아니나 다를까, 탕쯔칭이었다. 여름 공원의 입구에 화려한 옷을 입은 탕쯔칭이 패거리와 함께 서 있었다. 예전이라면 사람 목소리를 알아들을 수 있는 거리가 아니었지만 지금의 미마에겐 식은 죽 먹기였다. 미마는 자치대를 불러들인 것이 탕쯔칭임을 깨달았다.

미마는 바람처럼 달려 쯔칭 앞에 섰다.

"탕쯔칭."

미마는 숨을 몰아쉬며 쯔칭을 불렀다. 쯔칭이 놀랍다는 얼굴로 씩 웃었다.

"이게 누구야? 잘난 늦둥이 아니신가? 안 그래도 찾고 있었는데 제 발로 나타나셨네."

쯔칭이 눈짓을 하자 덩치 큰 패거리가 미마를 빙 둘러쌌다. 그러자 미마는 밖에서 보이지 않게 되었다. 패거리 녀석들이 손에 들고 있는 것들이 언뜻 눈에 들어왔다.

"난 너희들이 싫어. 쓸모없는 존재들. 고나리꾼들 때문에 할 수 없이 떠안고 가는 짐덩이들. 내가 어른이 되면 너희들을 시안에서 싹 쓸어버릴 거야."

쯔칭이 껄껄 웃었다.

"흰 눈 맛 좀 보게 될걸. 기대하라고!"

쯔칭이 어른이 되면, 정말 그럴 거라고 미마는 절감했다.

"짝!"

미마가 쯔칭의 뺨을 쳤다.

"쓰레기는 우리가 아니라 너야! 우리가 어른이 되면, 그러면!"

미마는 가슴이 먹먹해왔다. 슬프게도 그다음 말을 이을

수가 없었다. 쯔칭의 얼굴이 사납게 일그러졌다.

"죽여버릴 테다!"

쯔칭은 정말 미마를 으스러뜨릴 기세로 덤볐다. 하지만 미마의 눈에는 그런 쯔칭의 움직임이 너무 느렸다. 미마는 여유 있게 허리를 숙여 피하면서 쯔칭의 왼발을 걸었다. 쯔칭이 균형을 잃고 앞으로 몸을 수그리자 이번에는 옆구리를 들이받았다. 커다란 쯔칭의 몸이 뒤로 벌러덩 쓰러졌다.

예상 밖으로 쯔칭이 꼼짝도 못 하는 걸 본 쯔칭 패거리의 눈이 휘둥그레졌다.

"야! 뭘 보고만 서 있어!"

쯔칭이 소리를 지르자 패거리가 미마를 에워싸기 시작했다. 미마를 찾던 다흡이 뭔가 심상찮다고 느끼고 여기저기 찾아다니다가 누군가를 마구 짓밟고 있는 탕쯔칭 패거리를 보았다. 다흡은 아이들에게 도움을 요청했다. 여럿이서 미마 하나를 일방적으로 공격하는 걸 본 아이들이 몰려왔다. 아이들은 이미 자치대 노인들 때문에 흥분해 있었다. 지금 이 순간만큼은 쯔칭이 바이오옥토퍼스 간부의 아들이란 사실도 뇌리에서 사라졌다. 무시당하며 지내온 시간들, 억울함, 답답함, 미래에 대한 불안—이런 온갖 것들이 뒤섞여 휘몰아치며 늦둥이 아이들의 가슴을 달굴 뿐이었다.

벌들이 날갯짓으로 벌통의 온도를 높이듯이 여름 공원 안은 아이들의 전투력 상승으로 후끈 달아올랐다. 유전자 귀족들은 체력도 순발력도 늦둥이들보다 우수해서 일대일로는 아예 싸움이 되지 않았다. 말벌 한 마리가 꿀벌들을 몰살시키듯이 아이들이 우수수 나가떨어졌다. 하지만 아이들은 다시 일어나 부딪치고 매달리고 물어뜯으면서 아귀 떼처럼 덤벼들었다. 기가 질린 쯔칭 패거리는 조금씩 물러나기 시작했다.

이 뜻밖의 광경에 식겁한 노인들이 소리를 질러댔다. 몇 분도 안 되어 경보를 울리며 무장한 지역 수호대와 진압 로봇들이 출동했다. 기세가 확 꺾여 있던 쯔칭 패들은 분연히 일어나 "폭도다!" 하고 소리쳤다. 놀란 아이들은 무너진 개미집의 개미들처럼 뿔뿔이 흩어져 달아났다. 수호대 대원들은 생각보다 싸움의 규모가 큰 데 놀란 듯했다. 하지만 키와 체격이 진압 대상을 선명하게 구분 지어놓았다. 수호대 대장은 로봇 전체에 진압 대상의 특징을 전송했다. 그들은 유전자 귀족들은 제쳐놓고 도망치는 늦둥이들만 뒤쫓았다. 광장은 넓고 사람이 많은 데다 카멜레온복은 아이들을 홀로그램 광고의 다채로운 색채 속에 숨겨주었기 때문에 생각보다 잡기가 쉽지 않았다. 하지만 아이들의 일반

키와 체중이 입력된 로봇들은 적외선 시각으로 숨은 아이들을 찾아내어 마비 광선을 쏘아 맞혔다. 광선을 맞고 몸을 경련하며 쓰러진 아이를 수호대 대원이 나뭇등걸처럼 질질 끌어다 한자리에 짐짝처럼 던져놓았다. 요령 있는 아이들은 로봇 움직임의 패턴을 파악해 요리조리 도망쳤다. 광장의 밤을 즐기러 나왔던 시민들은 영문을 모른 채 눈앞에서 벌어지는 대소동을 바라볼 뿐이었다.

용케 광장 복합몰의 스낵 코너로 숨어든 한 아이가 싱커 통신에 소식을 올렸다. 이제 시안의 모든 싱커들이 125층 중앙광장에서 벌어지고 있는 일을 알게 되었다.

한편 아이들의 도움으로 탕쯔칭 패거리에게서 빠져나온 미마는 곳곳에 암초처럼 버티고 선 수호대와 로봇들과 구경꾼들 사이를 헤치고 바람처럼 달려가고 있었다. 브레인폰으로 부건의 긴급 메시지가 전해졌던 것이다.

08

부건이 의자를 돌려 미마를 보았다.

"역진화 발생기를 발명한 과학자에 대해 알아냈어."

잔뜩 흥분해서 광장에서 벌어진 일에 대해 떠들어대려던 미마는 그만 혀끝까지 나온 말을 꿀꺽 삼켜버렸다.

"잠깐만 기다려. 차 한산 마시며 이야기하자."

미마는 차를 끓여 와서 부건 옆의 의자에 앉았다. 오랫동안 말을 하지 않은 탓에 부건의 목소리가 갈라져 나왔다.

"음, 특허청이랑 기업체, 학교, 연구소 쪽을 다 뒤졌는데 알고 보니 등잔 밑이 어두웠지 뭐야."

"어디서 찾았는데?"

"바이오옥토퍼스의 비공개 문서에서."

"정말?"

그렇다. 생각해보면 바이오옥토퍼스는 제약 및 농약 회사로 출발하긴 했지만 22세기에 주력으로 삼은 것은 생명공학이었다. 산하에 연구소가 즐비한데 그쪽을 생각 못 한 게 더 이상했다. 하지만 바이오옥토퍼스라면 찾기 어려울 까닭이 없었다. 부건의 아버지도 연구소의 전폭적 지원하에 연구를 진행했었다고 하지 않았는가.

"논문 제목을 보는 순간 찾았다는 걸 직감했지. 그 사람은 역진화 발생기를 농업에 이용해보려 했던 모양이야."

그 과학자의 이름은 G. A. 하인츠. 구세계 몰락 당시에 활동하던 유럽연합 출신의 귀화 과학자였다. 학계의 주류는 아니었다고 했다.

"그래서 그 사람은 어떻게 되었어?"

미마는 갈증이 나서 덜 식은 차를 죽 들이켰다. 부건이 묘한 표정으로 미마를 보았다.

"죽었어."

미마는 멍하니 부건을 바라보았다. 그야 그렇겠지. 그런데…….

"바이오옥토퍼스의 사보 부고란에 이름이 있었어. 논문 제목은 부고란의 약력에서 찾은 거고. 돌연사래."

미마의 손에서 찻잔이 떨어져 바닥에 굴렀다. 둘은 약 십 초 동안 서로를 마주 보았다. 많은 생각이 그 눈빛 속에 오갔다.

백여 년을 사이에 두고, 바이오옥토퍼스의 과학자 두 명이 똑같이 돌연사로 죽었다. 같은 연구를 진행하던 두 사람이.

이게 우연의 일치일 확률이 얼마나 될까?

그때 갑자기 집 안의 모든 불이 나갔다.

굳게 잠겨 있던 현관문이 지잉 열리는 소리가 났다. 미마는 심장이 얼어붙는 것 같았다. 불현듯 물고기 때문에 지역수호대의 취조실에서 만났던 검은 양복의 남자가 떠올랐다. 그 사람도 바이오옥토퍼스에서 나왔다고 했지. 비어 있던 퍼즐 한 조각이 맞추어지는 느낌이었다.

현관에서 거실로, 뚜벅뚜벅 걸어 들어오는 발소리. 어둠 속에서 조금치의 주저함도 없었다. 보완경을 끼고 있겠지. 아니면 아예 시신경에 이식되었거나. 영화 속에서 비밀 요원들이 흔히 그러듯이. 그들이 영화 말고 시안에서도 할 일이 있을 거라곤 생각하지 못했다. 지난 백 년 동안 그들은 한가했을까, 분주했을까?

그는 우리를 죽일 것이다.

독가스처럼 몸을 마비시키는 공포감에 맞서 생존 본능이 작동하기 시작했다. 무모한 행동을 하기 일쑤였던 미마였지만 지금은 그 어느 때보다 냉철하고 기민해야 했다. 옆에서 부건의 가쁜 숨소리가 들렸다.

발소리는 부엌을 향했다가 곧바로 거실을 가로질러 작업실로 다가왔다. 그는 자신만 우릴 볼 수 있고, 우린 그를 볼 수 없다고 생각할 것이다. 하지만 그 생각은 틀렸다. 어둠 속이라도, 살아 움직이는 것이라면 눈을 감고도 보는 것이나 다름없다. 그 냄새, 그 호흡, 그 움직임. 1,000분의 1초의 반사 신경. 지금 필요한 건 그것뿐이다.

조용한 방 안에 약간 신경이 쓰이는 듯 발소리가 문 앞에서 잠시 멈추더니, 마침내 문이 열렸다. 지금이다. 미마는 눈을 감고, 재규어처럼 몸을 날렸다.

"팍!"

무언가 천장을 관통하는 소리가 나더니 곧이어 크고 무거운 물체가 바닥에 세게 부딪히는 소리가 들렸다. 미마는 그가 손에서 떨어뜨린 초소형의 무기를 본능적으로 찾아 쥐고 쓰러진 자를 겨냥했다.

“불 켜봐.”

미마가 나직하게 외쳤다. 얼이 빠진 듯하던 부건이 그제야 마비에서 풀린 것처럼 움직였다. 부건이 남자를 의자에 앉혀 튼튼한 끈으로 손발을 묶는 동안 남자는 눈 하나 깜짝 않고 미마를 노려보았다. 웬만한 심장이라면 보는 것만으로 얼려버릴 만큼 차디찬 눈빛. 취조실의 바로 그 남자였다.

“부건아. 현금으로 바꿀 만한 물건 좀 챙겨.”

“달아나겠다는 거냐?”

남자가 재미있다는 듯이 말했다.

“어디로?”

미마도 부건도 대꾸하지 않았다. 실은 대꾸할 말이 없었다. 이미 바이오옥토퍼스의 거미줄에 걸린 이상 시안 어디에서 안전할 수 있을까? 바이오옥토퍼스는 어느 단계까지 이 일에 관여하고 있을까? 그리고 도대체 왜 이런 일을 벌이는 걸까? 시안 시민들에게 추앙받는 대기업인 바이오옥토퍼스가 무엇 때문에?

생각은 나중에 하자. 미마는 서둘렀다. 방을 나서는 순간까지 남자의 눈은 먹이를 놓친 뱀처럼 둘을 지켜보고 있었다.

"대체 무슨 일이 일어나고 있는 거지?"

미마가 중얼거렸다. 거리에서 이토록 많은 아이들을 본 적은 한 번도 없었다. 골목골목에서부터 두셋씩 움직이는 아이들이 보이더니 다흡과 만나기로 한 환상도로 7번 게이트와 연결된 광장에는 이미 아이들이 개미 떼처럼 우글거렸다.

처음엔 마주치는 사람이 주머니에 손만 넣어도 깜짝깜짝 놀라던 미마는 이제 무슨 일이 벌어지는 건지 궁금한 마음이 더 앞섰다. 미마는 한 아이에게 싱커 표시를 그려 보였다. 그 아이도 화답하자 조심스럽게 물어보았다.

"대체 무슨 일이야?"

아이는 쉿, 하고 입술에 손가락을 댔다.

"이제 곧 시작돼."

미마는 부건을 조심스럽게 돌아보았다. 부건은 집을 뛰쳐나온 후로 단 한마디도 하지 않았다. 알 수 없는 병으로 돌아가신 줄 알았던 아버지가 살해된 것을 알았다. 그리고 자신도 생명의 위협을 느끼고 있다. 똑똑하지만 마음이 여린 부건이 이 충격을 견딜 수 있을지 걱정스러웠다. 미마라고 두렵고 불안하지 않을 리 없지만 한 사람이라도 정신을 차려야 한다고 스스로를 다독였다.

광장이 거의 꽉 찼을 즈음 다흡이 흥분한 얼굴로 나타났다. 미마와 다흡은 서로 손을 잡고 이게 무슨 일인지 물었다. 다흡이 흥분한 얼굴로 먼저 말했다.

"마비 광선을 맞은 아이들을 로봇들이 짐짝처럼 취급하는 바람에 밑에 있던 아이 하나가 질식해서 의식을 잃은 상태야. 우린 제대로 사태를 파악하지도 않고 일방적으로 진압을 시작해서 벌어진 일이라는 걸 당국에 항의하고 침묵 행진을 하려고 해."

미마는 가슴이 짓눌리는 슬픔을 느꼈다. 메이징타운을 찾아갔던 날, 광장에서 열선총을 맞고 짐짝처럼 질질 끌려가던 난민이 떠올랐다.

보호받는 존재인 줄 알았다. 아니었다. 성가신 존재일 뿐이었다. 서로 모른 체했을 뿐.

"너희들 무슨 일 있어? 부건아, 넌 안색이 왜 그래?"

다흡이 걱정스럽게 말했다. 미마는 자초지종을 간단하게 설명했다. 다흡의 얼굴이 흙빛으로 변했다.

"어떻게 그런 일이! 그럼 이제 어떡하면 좋지?"

미마는 광장에 모인 아이들을 보았다. 지금 이 순간 왜 하필 나는 쫓기는 처지일까. 함께할 수 있다면 얼마나 좋을까.

"보리스 씨에게 가보자."

미마가 중얼거렸다. 부건이 미마를 흘깃 보았다. 한 가닥 희망이 가슴에서 피어났다. 인권위에서 일하는 보리스 씨라면 둘에게 도움이 되어줄 수 있을지도 모른다.

"다흡아, 직행 승강기 표 좀 끊어줘. 부건이 집에서 가져온 귀금속을 팔기 전에는 우린 아무것도 살 수 없어. 칩을 썼다간 금세 추적당할 거야."

다흡이 침묵 행진을 준비하는 아이들을 뚫고 숨을 헐떡이며 표 세 장을 사 왔다. 미마는 가슴이 뭉클했다.

"다흡아, 넌 우리랑 같이 가면 안 돼."

"나도 같이 가는 거 아니었어?"

다흡이 놀라 물었다. 미마가 고개를 세차게 흔들었다.

"넌 나한테 아무 말도 못 들은 거야. 누가 와서 물으면 그렇게 말해."

"나도 갈래. 난 당연히 너희들과 함께 가는 거라 생각했어."

미마에게 매달리며 다흡이 울먹였다. 미마는 입술을 피가 나도록 깨물었다. 이 바보야. 지금 우리 처지가 어떤 줄 알고 같이 간대. 헤어져야만 하는 순간 얘가 얼마나 바보인지, 그런 바보를 얼마나 사랑하는지 깨닫게 되다니.

"넌 짐만 돼. 여기 얌전히 있어. 금방 돌아올 테니까."

미마는 다흡의 등을 부드럽게 밀었다. 광장 안쪽으로. 아이들 속으로.

부건의 손을 잡고 승강기 로비로 들어서는 미마의 등 뒤에서, 누군가 힘주어 말하고 있었다.

"오늘 겪은 일은 우리가 사는 세상을 보여주었습니다. 우리가 처한 차가운 현실을 깨닫게 해주었습니다……."

보리스 씨의 사무실은 책상 하나와 소파가 있을 뿐 썰렁했다. 그가 하는 일이 아이들이 생각했던 것만큼 대단치 않으리라는 예감이 들었다. 두 사람의 이야기를 들으며 보리스 씨는 땀을 흘렸다. 그는 휴지를 뽑으려다 사진 액자를 쓰러뜨렸다. 바닥에 미끄러져 떨어진 액자를 주워주다가 미마는 사진 속의 얼굴을 보았다. 눈이 파랗고 귀엽게 생긴 소녀가 사진 속에서 웃고 있었다.

"고맙다."

보리스 씨가 작은 소리로 말했다. 액자를 받는 보리스 씨의 손이 가늘게 떨렸다. 미마는 배 속이 무거운 추처럼 아래로 당겨지는 느낌을 받았다.

"나이 일흔에 얻은 딸이란다."

“지금이 훨씬 젊어 보이세요.”

“하지만 마음이 늙는 것은 막을 수 없구나.”

“…….”

등 뒤에서는 부건이 이 의미 없는 대화를 듣고 있겠지. 미마는 부건에게로 돌아섰다.

“가자, 부건아. 안녕히 계세요. 실례가 많았습니다.”

미마가 문을 열자 보리스 씨가 벌떡 일어나 미마를 불렀다.

“정말 미안하다. 너희가 한 말이 모두 진실이라 해도, 나로서는 바이오옥토퍼스에 맞설 용기가 없구나.”

“저희가 죄송해요. 여기 오지 말았어야 했어요.”

보리스 씨가 풀썩 의자에 주저앉아 머리를 감싸 쥐었다.

“내가 해줄 수 있는 말은 단 하나다. 그런 일엔 명확한 증거가 필요하다는 것. 그렇지 않으면 절대 싸움이 안 돼.”

밖으로 나오니 근처 식당에서 따뜻하고 고소한 음식 냄새가 풍겨왔다. 냄새가 너무 강렬해서 미쳐버릴 것 같았다. 배가 고팠다. 아까 부건의 집에서 뭐라도 먹을걸. 마지막으로 먹은 음식이 차라는 게 너무 억울했다. 부건이 해 주던 음식들, 부엌에서 떨던 수다들, 다흡의 웃음소리와 다정한 몸짓, 모두 안녕이다. 이토록 절실히 외롭고 무서운 순간에 떠오르는 게 작고 소중한 일상의 기억이라니.

광장으로 나가자 아이들이 침묵 행진을 하고 있었다. 젊은 수호대 대원들이 대열의 가장자리에 일렬로 늘어서서 따라 걷고 있었다. 진압 때 벌어진 사고에 당황한 당국에서 일단 관망으로 태세를 전환한 모양이었다.

"너도 저 속에 있고 싶지."

계속 말이 없던 부건이 문득 중얼거렸다.

"미마, 너도 돌아가. 가서 말해. 난 아무것도 모른다고—하긴 나도 내가 왜 쫓기는지 모르지만—부건이란 아이를 멋모르고 따라다녔을 뿐이라고 말해."

미마는 놀라서 부건을 돌아보았다.

"그게 무슨 소리야? 이 일이 어디서 시작된 건지 잊었어? 내가 가져온 물고기 때문이었잖아. 너와 나는 같은 배에 탄 거라고, 이 바보야."

"아, 알았어. 화내지 마."

미마는 이마를 짚었다. 마음이 가라앉으면서 한 가지 생각이 떠올랐다.

"부건아, 난민촌으로 가자. 거기라면 우리를 받아줄 거야."

약 이십 분 뒤 미마와 부건은 메이징타운에 있었다. 몇

달 만에 만난 헤이베이는 둘을 마냥 반가워했다. 헤이베이는 메이징타운의 어느 구석지고 더러운 시술소로 둘을 데려가 몸속의 칩을 제거해주었다. 이제 추적 가능한 신용카드도, 사회보장 주파수도 사라졌다. 그제야 한숨을 돌린 두 사람은 헤이베이가 주는 음식을 허겁지겁 먹었다.

09

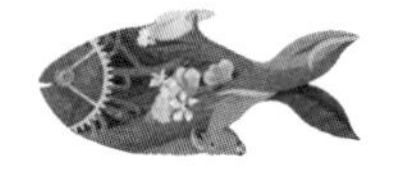

미마와 부건이 그렇게 떠난 뒤로 다흡은 밤에 잠을 잘 이루지 못했다. 그렇지 않았다면 밤에 싱커에 접속하는 일은 없었을 것이다.

침묵 행진 이후로 처음 들어와 보는 신아마존이었다. 밤의 아마존은 생각했던 것처럼 완전히 깜깜하지는 않았다. 인공 하늘의 모눈들 가운데 인공 달빛이 은은히 뿜어져 나오고 있었던 것이다. 밤의 아마존은 생각했던 것처럼 조용하지도 않았다. 여기저기서 온갖 울음소리가 들려왔다. 부엉이에 싱크한 다흡의 예민한 귀에는 부스럭거리고 찍찍

대고 꾸르륵거리는 온갖 소리들이 사방에서 들려왔다. 부엉이는 파수꾼처럼 180도 이상 머리를 돌리며 사방을 둘러보았다. 배고픈 부엉이는 손쉽게 사냥할 먹이를 고르고 있었다.

부엉이의 귀에 무슨 소리가 잡혔다. 맛있는 쥐가 낙엽 위를 달리는 소리다. 그래, 그렇다. 그런데 뭔가 이상하다. 부엉이는 머리를 갸웃거리며 귀를 소리 나는 쪽으로 돌렸다. 소리는 점점 커졌다. 마치 폭우가 숲 바닥을 울리는 것 같았다. 하지만 신아마존에서는 밤에 비가 오지 않는다. 대체 저 소리는 뭐란 말인가.

마침내 소리가 나는 곳을 찾은 순간 부엉이는 너무 놀라 나무에서 떨어질 뻔했다. 다흡은, 친구들이 떠난 날 이후 두 번째로 자신의 세계가 위험에 처했다는 느낌을 받았다.

우리, '물의 범람'으로부터 아마존을 꽤 잘 지켜냈어. 대단했지? 차츰 수위는 회복되고 있는 것 같아 다행.

그런데 아마존에 또 다른 재앙이 닥친 듯해!

다시 힘과 지혜를 모으자.

— 싱커 통신 중에서

숲에 정체를 알 수 없는 생물들이 나타나기 시작한 건 최근의 일이었다. 물의 범람과 마찬가지로 어디서 시작된 일인지 알 수 없었다. 하지만 그 파괴력은 물이라는 자연 현상에 비할 바가 못 되었다. 밤에 출몰하는 놈들은, 폭주족처럼 숲을 휩쓸고 있었다.

놈들은 쥐와 곰을 섞어놓은 듯한 외모에 덩치는 작았지만 날카로운 이빨과 흉포한 성격을 지녔다. 놈들이 거친 파도처럼 휩쓸고 지나가는 밤이 거듭될수록 아마존의 생태에 미치는 해는 어마어마했다. 지금은 주로 강 중류 부근에서 활동하지만 곰쥐 떼의 수가 점점 불어나는 것으로 보여 앞으로 피해는 더 커질 게 분명했다.

싱커들은 얼굴을 맞대고 곰쥐 떼 문제를 의논하기 위해서 아마존에 결집했다.

—여기 개인 면담을 한 사람들 없어? 교육국에서 침묵 행진을 조종한 세력을 찾는 눈치야.

—그런 게 어딨어?

—없지만 없다는 말을 믿지 못하나 봐.

—자, 여기 모인 이유에 집중하자. 이제 어두워지면 놈들이 나타날 거야.

—도대체 놈들의 정체가 뭘까? 돌연변이?

— 신아마존이 비록 인공 우림이긴 하지만 백 년 넘게 유지돼온 생태계야. 그걸 뒤흔들 정도로 엄청나게 많은 수의 동물이 갑작스럽게 나타난다는 건 이상해.

— 뭔가 병적인 현상인 건 분명해.

— 병이란 건 내부에서 생긴 이상의 결과일 수도 있어.

— 그렇다고 그냥 내버려 두자는 소리는 아니겠지? 어차피 신아마존은 인공적인 시스템이야. 그 곰쥐 떼는 너무 치명적이야. 이대로 가다간 아마존 전체가 폐허가 돼버리고 말 거야.

몇 초 동안 침묵이 감돌았다. 모두 아마존이 파괴된다면 어떨지 생각하고 있었다. 어린 시절부터 부모와 헤어져 기숙사 생활을 해야 하는 늦둥이가 대부분인 싱커들에게 자연이 살아 숨 쉬는 아마존은 해방구이자 어머니의 품과도 같았다. 그런 아마존은 너무나 연약한 세계이기도 했다. 지상에 아마존의 생물들이 살아갈 수 있는 장소는 이미 오래전에 없어져버렸다. 탈출구가 없는 이곳에 피할 수 없는 위기가 온다면…….

아마존을 잃는다는 건, 상상도 하기 싫었다.

모두 같은 뜻임을 확인한 아이들은 그날 밤부터 곰쥐 떼와 맞서 싸우기 시작했다.

온몸을 붉은 군대개미에게 물어뜯기는 고통에 비명을 지르며 곰쥐들이 바닥에 마구 몸을 비벼댔다. 군대개미 싱커들은 몸이 갈리는 고통을 참으며 전투를 계속했다. 싱크하기 전에 진통제를 들이마시긴 했지만 많이 썼다간 전투력이 떨어지고 판단력이 흐려지는 탓에 쇼크를 일으키는 것만 막아주는 정도였다. 싱커들은 무의식중에 반려수의 고통을 함께해야 한다고 생각하고 있었다. 그나마 다행인 건 곰쥐 떼가 저녁에만 나타난다는 것이었다. 아이들은 그날의 전쟁을 마치고 잠자리에 들면 온몸이 욱신거리고 곰쥐 떼의 끔찍한 소리가 환청으로 들려오는 가운데 전쟁터의 군인들처럼 곯아떨어졌다. 교실과 기숙사에서 아이들은 비밀스럽고 결연한 눈빛을 주고받았다.

미마는 어둠에 잠긴 난민촌 플랫폼을 플래시의 한 줄기 빛에 의지해 돌아보고 있었다. 현재 시각은 표준시 06시로 전체 점등까지는 두 시간이 남아 있었다. 일찍 일어난 아이들이 어둠 속에서 술래잡기를 하고 있었다. 미마는 알리마가 괜찮은지 걱정이 되었다. 술에 취한 아버지에게 또 얻어맞은 것이다. 어린 알리마는 자기 아버지가 쿠게오에게 혼

쫄이 나는 게 싫어서 입을 꾹 다물곤 했다. 하지만 이번에는 알리마가 앓아눕는 바람에 헤이베이가 알게 됐고, 이를 전해들은 쿠게오는 알리마의 아버지를 흠씬 패준 다음 아예 알리마에게 접근하지 못하도록 했다. 아이들은 공동 양육으로 키워지고 있으니 별문제는 없었다.

쿠게오가 불쑥 나타났다. 운동을 하고 오는 듯 땀 냄새가 났다.

"그 울적한 친구는 아직 자나?"

미마는 빙긋 웃었다. 처음 며칠은 그랬지만 이제 부건도 차츰 현실을 받아들이고 있었다.

"자기가 대체 어쩌다 이 지경에 처했는지 알아야겠다고 밤낮없이 조사 중이야."

"그딴 걸 알아서 뭐해. 이제 와서 달라질 것도 없는데."

쿠게오가 눈썹을 살짝 찡그리며 팔짱을 꼈다.

"너희가 할 일이 생겼어. 밥값은 해야지."

"무슨…… 일인데?"

"아마존을 요절내고 있는 녀석들을 좀 조사해줘야겠어."

두 시간 후 미마와 부건은 쿠게오의 작업실로 갔다.

"넌 생물학 박사 아들이라며? 놈들을 한두 마리만 잡아와. 여기 사람들은 아무도 아마존에 내려가려 하지 않아.

뭐든 연구해보려면 실물을 보는 게 낫지 않겠어?"

"칸은 어디 있어?"

미마는 오랫동안 궁금했던 것을 물을 기회를 겨우 잡았다. 쿠게오는 웃음기가 가신 얼굴로 미마를 바라보았다. 쿠게오가 저렇게 볼 때는 좀 무서웠다.

"네가 칸을 어떻게 알아?"

"만났어."

"만났다고? 칸이 그러니까, 네 앞에 나타났다고?"

"그래."

쿠게오는 잠시 미마를 묘한 표정으로 바라보았다. 미마는 짜증이 나서 툭 내뱉었다.

"네가 날 싱커의 테스터로 선택한 뒤로 내 인생이 이렇게 꼬였는데, 칸 이야기 좀 해주는 게 대수야?"

쿠게오는 피식 웃었다.

"칸과 내가 어떤 사인지는 칸에게 듣지 않았어?"

"들었어."

"칸은 내게 형제와 같아. 그렇다고 내가 칸을 다 이해하는 건 아니지. 칸을 만날 수 없다면 칸이 만나고 싶지 않은 거야. 어떤……."

쿠게오는 눈을 내리깔았다.

“어떤 중요한 일을 하는 중이거나…….”

“잠깐, 원래 하던 이야기로 돌아가서, 그러니까 우리더러 신아마존으로 직접 들어가라고?”

부건이 끼어들었다. 쿠게오는 양손을 벌렸다.

“그리 위험할 거 없어. 다른 동물들은 인간의 눈에 띄는 일이 없을 테니까. 안전 장비를 빌려줄게. 언젠간 쓸 일이 있을 거 같아서 마련해놓았지.”

“레인메이커에 나노 머신을 한 번 더 풀지그래? 그럼 모든 문제가 간단히 풀릴 거 같은데.”

부건이 말했다.

“미안하지만 비는 낮에만 내려. 그런 시스템까지 건드려야 할 정도로 심각한 상황인지 아직 판단하기 어렵고. 일단 잡아오면 데리고 실험할 수 있게 해주지.”

쿠게오는 씩 웃으며 미마에게 한 말을 되풀이했다.

“밥값은 해야지, 안 그래?”

그날 저녁, 미마와 부건은 보호복으로 단단히 무장하고 전망대로 향하고 있었다.

아주 얇은 우주복이라 할 수 있는 보호복은 분자 단위의 외부 유입 물질까지 차단해주었다. 산과 같은 부식성 액체, 뱀의 독니, 날카로운 발톱 등으로부터 안전했다. 같은 소재의 장갑은 피부처럼 얇아서 작업을 하기에 편리했다. 얼굴을 감싼 보호대는 순수한 공기만 통과시켰다. 보완경은 캄캄한 곳에서도 야간 보완 시력을 제공했다.

"실험해본 거겠지?"

전망대로 향하면서 부건이 꺼림칙한 듯 물었다.

"그야 물론. 하지만 아나콘다에게 휘감기거나 표범에게 숨통을 꽉 물리면야……."

부건의 얼굴이 창백해졌다.

"갑자기 속이 울렁거리네. 쿠게오 그 치사한 자식. 인간미라곤 없는 자식. 망명자들에게 밥값 운운하다니. 많이 먹지도 않았구만."

미마는 쿡쿡거리며 허리에 찬 열선총을 들어 부건을 겨누었다.

"총도 있잖아."

"그거 저리 치워. 미마, 네가 나를 지켜줘야 해. 알겠지?"

미마는 웃었다. 부건이 너스레를 떠는 것을 보니 다시 예전으로 돌아온 것 같아 기뻤다.

"나만 믿으세요, 천재 장부건 박사님."

전망대를 통과할 때 미마는 혹시나 해서 두리번거렸다. 괴괴한 침묵만이 감돌 뿐 전망대는 비어 있었다.

"칸은 어디로 사라진 걸까? 통 안 보이네……."

미마는 중얼거렸다.

"숲 아니면 동굴 지대 어딘가에 있겠지?"

부건이 대꾸했다.

"나도 칸을 만나고 싶어. 바이오옥토퍼스의 비밀이 역진화 발생기와 관련이 있는 게 분명한 이상 칸을 만나면 어떤 실마리라도 찾을 수 있을 것 같아."

"너 혹시…… 저 작은 괴물들과 칸이 무슨 상관이 있다고 생각하는 거야?"

부건은 아무 말도 하지 않았다.

굼벵이처럼 느린 전망대의 승강기가 마침내 둘을 바닥에 내려놓았다. 미마는 아마존의 냄새를 흠뻑 들이마셨다. 진짜 자신의 육체로 맡는 아마존의 냄새는 익숙하면서도 새로웠다.

"그런데 왜 이리 조용하지?"

아마존을 가득 채웠던 동물들이 한 마리도 눈에 띄지 않았다. 인간의 출현에 모두 숨어버린 것이다. 그러나 미마와 부건은 숨죽이고 호기심 어린 눈으로 자신들을 지켜보는 눈들을 느낄 수 있었다. 나무 위에서 날카로운 새 울음이 연달아 났다. 둘의 출현을 다른 동물들에게 알리는 경고의 신호일 것이다.

왼쪽에서 물소리가 우렁차게 들렸다. 물이 빠진 지 얼마 안 된 숲 바닥은 늪처럼 발이 푹푹 빠지고 비린내가 났다. 작은 웅덩이들도 드문드문 보였다. 미마는 보완경의 맵을 실행시켜 동굴 지대의 위치를 확인해두었다. 그리 멀지 않은 곳에 있었다.

표준시 19시 정각이었다. 어둠은 시안보다 느리게 내려왔다. 강의 상류 지역부터 인공 하늘의 모눈들은 차례로 빛을 잃어갔다. 동물들이 흥미를 잃을 만큼의 시간이 흐른 뒤 둘은 천천히 움직이기 시작했다. 부산한 움직임은 쓸데없이 동물들을 흥분시킬 가능성이 있었다. 숲에서는 인내심이 필요했다.

어둠이 완전히 내리자 보완경의 심야 시각 기능이 작동되었다. 얼마 가지 않아 두 사람은 놈들과 맞닥뜨렸다. 동굴 지대로부터 흑갈색 융단이 펼쳐지듯 곰쥐 떼가 한 덩이로 꿈틀대며 몰려나오고 있었다. 무수한 발들이 달리며 만드는 음산한 진동이 미마와 부건에게 전해졌다.

미마와 부건은 금세 곰쥐의 바다에 갇혀버렸다. 다행히 보호복은 냄새도 체온도 전달하지 않았다. 놈들이 다 지나갈 때까지 마치 돌처럼 꼼짝 않고 서 있어야 했다. 곰쥐 떼는 두 사람을 먹이로 인식하지 못한 듯 바위를 감싸고 흐르는 물살처럼 스치고 지나갔다. 얇은 보호복 발등을 밟는 작은 발가락들이 고스란히 느껴졌다. 심지어는 빳빳하고 짧은 털의 쓸림까지! 짧지만 무서운 시간이었다. 한 덩이를 이룬 무리가 거의 사라지고 뒤에 처진 몇 마리만 보일 때에야 겨우 미마는 참았던 숨을 내쉬었다. 뻣뻣해진 몸을 풀며 옆을 보니 부건이 선 채로 거의 기절해 있었다.

"얘."

미마가 부건을 툭 치자 부건은 헉 하고 숨을 토해냈다.

"아아, 내 평생 가장 끔찍한 경험이었어. 싱커를 할 때도 그랬지만, 난 쥐가 정말 싫어. 떼 지어 몰려다니는 쥐는 더욱 싫고!"

"귀여운데 뭘 그래. 그리고 재들은 쥐가 아냐."

미마가 쿡쿡 웃으며 대꾸했다.

"그나마 마음에 드는 점이 있다면 수명이 짧다는 거야."

부건이 씩씩거리며 말했다.

"저렇게 왕성한 번식력과 신진대사를 생각하면 당연한 일이겠지만."

미마와 부건은 뒤처진 놈들 중에 두 마리를 생포해서 돌아왔다.

쿠게오가 검은 천을 벗기자 두 개의 작은 우리에 각각 들어 있는 곰쥐들이 나타났다.

"이렇게 봐서는 별로 대단하지 않은데."

"두 마리의 생김새가 다르지 않아?"

부건이 말했다. 그러고 보니 정말 그랬다. 두 마리는 덩치가 달랐는데 작은 놈이 털빛도 연하고 작은 수달 새끼 같은 느낌을 주는 반면, 큰 놈은 날카로운 이빨과 발톱이 참으로 포악해 보였다.

"새끼 때는 다 순해 보이는 거 아닌가?"

미마가 고개를 갸웃거렸다.

"그렇긴 하지만 눈빛까지 변하는 경우는 거의 없는데……."

호기심이 발동한 부건은 며칠 후 쿠게오가 곰쥐들을 넘겨주자 이들을 대상으로 몇 가지 실험을 해보았다. 성장에 따른 변화의 원인이 무엇인지 알아내야 했다. 먼저 오줌이나 항문 주위의 분비샘 냄새를 추출해서 헝겊에 묻혀 서로의 우리에 넣어보았다. 곰쥐들은 반응을 보이지 않았다. 다음 날은 곰쥐의 몸을 부위로 나누어 막대기로 쿡쿡 찔러보았다. 장갑 낀 손으로 쓰다듬기도 했다. 역시 곰쥐들은 반응이 없었다.

"무리 내부의 접촉이나 번식기의 페로몬 탓은 아닌 거 같은데."

"그러게."

둘은 곰곰 생각에 잠겼다. 한참 머리를 굴리던 부건이 말했다.

"어떤 스트레스가 원인이 아닐까?"

"어떤?"

"숲은 아니야. 놈들은 동굴에서 나올 때부터 이미 난폭했으니까."

미마가 고개를 끄덕이며 말했다.

"네 말이 맞아. 아무래도 원인을 알려면 동굴에 다시 들어가 봐야겠는걸?"

부건은 한숨을 폭 내쉬었다.

10

그날 밤, 곰쥐 떼가 쏟아져 나와 강을 건너자 미마와 부건은 동굴로 들어갔다. 한참 들어가니 놀랍게도 시내가 흐르고 있었다. 부건은 허리를 구부려 미세한 습도 차까지 감지하는 특수 장갑을 낀 손으로 벽을 만졌다.

"여기도 전보다 물이 줄어들었네. 이 지점까지, 물이 올라왔었어."

지금은 장화의 종아리께까지 물이 오는 정도였다. 부건은 물에 손을 담갔다.

"물이 차가워."

미마는 부건을 멀뚱히 보았다. 무슨 뜻인지 얼른 이해가 가지 않았다.

"신아마존의 순환 시스템에서 만들어진 물이 아니란 얘기야. 아마존의 물 온도는 늘 일정하잖아."

"그, 그럼 혹시 지상에서……?"

미마의 가슴이 쿵쿵 뛰기 시작했다.

"동굴계가 지상과 연결되어 있는 거야. 왜 그 생각을 못 했지!"

부건의 목소리가 흥분으로 높아졌다.

"생각해보면 이상할 것도 없는데. 구세계에서도 인간이 파악한 동굴계는 일부에 불과해. 마치 모세혈관처럼 보이지 않는 곳에서 얽히고설켜 있으니까. 시안 당국도 지상을 봉쇄했다고는 하지만 아마존과 이어지는 미세한 틈까지 모두 막을 수는 없었을 거야."

부건과 미마는 마음을 진정시키려 노력하며 걸음을 옮겼다. 두 사람이 철벅거리는 소리가 어둠 속에 음산하게 울려 퍼졌다. 유석이 석신의 옷자락처럼 늘어져 있고 석화가 중력을 비웃으며 기묘한 모양으로 피어오른 모습이 신비하고도 음산했다.

"그런데 부건아, 강물이 왜 불었을까? 확 불었다가 지금은 다시 줄었잖아."

부건도 그 생각을 계속하고 있었는지 차분하게 말을 이었다.

"지상은 눈과 얼음의 세계야. 눈과 얼음은 물이 언 것이고."

"그럼…… 눈이 녹아서……?"

눈이 녹는다고? 지상에서?

"겉눈이 녹은 게 아닐까 싶어."

"그, 그럼?"

"그래. 지상에 온도 변화가 있다는 거지."

"하지만 우리가 배우기로는 지상은 일 년 내내 눈과 얼음의 동토라고……."

"당국에서는 연간 서너 차례 정도 탐사 로봇을 내보내는 걸로 알고 있어. 겨울이 아주 길다면 변화를 감지하기 어려웠을 수도 있지."

미마가 생각하기에는 겨울이 아무리 길다 해도 정기적으로 정보 수집 활동을 벌여온 탐사 로봇이 눈이 녹을 정도의 큰 변화를 감지하지 못했을 리는 없을 것 같았다.

"혹시…… 시안 당국에서 알면서도 알리지 않은 게 아닐까?"

"그럴 수도 있겠지. 하지만 이게 일반 시민들에게 뭐 얼마나 희망적인 소식이겠어? 지상에 기후가 회복되고 있는지도 모른다고? 여름이 왔으니 나가서 일광욕이라도 하라고? 시안 사람들은 절대로 지상의 기후에 적응하지 못할 거야. 설령 기후가 회복되고 있대도 회복 기간이 몇십 년, 아니 몇백 년이 걸릴지도 모르고."

그렇다고 해도, 변화가 있다면 시민들에게 알려야 하는 게 아닐까? 둘은 생각에 잠겨 입을 다물고 나아갔다.

무거운 침묵. 아마존의 숲과는 전혀 다르다. 숲의 침묵은 여러 겹의 레이스처럼 풍성한 반면, 동굴의 침묵은 차갑고 습하고 미끈미끈한 암괴가 짓누르는 듯한 무채색이다. 동굴 밖 백 년이 넘게 이어진 열대기후도 이곳에는 큰 영향을 끼치지 못한 듯했다.

종아리를 적시는 물길을 헤치며 얼마나 걸었을까? 오른쪽으로 비탈진 굴길이 나타났다. 둘은 굴길을 따라 다시 15미터 이상 나아갔다. 그러자 소리가 쩌렁쩌렁 울리는 엄청나게 큰 동굴 방이 나타났다. 보완경이 표시하는 측정치를 보니 폭 50미터 남짓이었다. 배경 물질의 밀도가 달라지는 것으로 곁굴이 세 개 이상 있음을 알려주었다. 어떤 굴을 선택해 나아가야 할지 둘은 망설였다.

"이걸 봐. 물이 조금씩 더 얕아지고 있어. 제대로 위쪽을 향하고 있는 거야."

"길을 잃으면 어쩌지?"

미마가 걱정스러운 표정으로 말하자 부건이 허리에 찬 주머니에서 무언가를 꺼내 보였다.

"자동 맵 완성기야. 전자 실을 뒤에 남기고 온 셈이지. 그러니까 걱정 마. 좀 더 가보자."

하지만 굴길은 오르막길인 듯했다가도 구불구불 가다 보면 어느 순간 내리막길이 되기도 했다. 둘은 오른쪽으로 무작정 나아갔다. 높이가 낮아 머리를 깊이 숙여야 하는 굴길을 빠져나가자 어마어마한 크기의 공간이 나타났다.

동굴 속에 이만한 공간이 있을 줄은 생각도 못 했다. 끝이 보이지도 않았지만 엄청나게 넓은 공간이란 건 직감할 수 있었다. 보완경도 측정치를 잡아내지 못했다. 소리를 크게 내자 메아리가 끝없이 퍼져나갔다.

커다란 바윗덩이들이 신화 속 괴물들처럼 턱턱 버티고 선 채 자연적인 미궁을 만들었다. 보완 시각으로는 바윗덩이들을 관통해 보기가 어려웠다.

"속이 메슥거려……."

부건이 기가 죽어 말했다.

"나 광장 공포 있어. 그만 돌아가자. 자동 맵 완성기도 여기서부터는 신호가 희미해."

"여기까지 와서 그냥 돌아가자고? 그럴 순 없어."

미마는 바위들이 도사린 어둠을 노려보았다. 저 어둠이 칸을 꽉꽉 숨겨놓고 있는 것 같았다.

"부건아, 앞으로 똑바로 가보자. 그럼 언젠가는 맞은편 벽에 닿을 거야. 거기서부터 오른쪽이나 왼쪽으로 벽을 끼고 돌면 다시 이 지점으로 돌아올 수 있어."

미마는 발밑에 초소형 위치 표시기를 가만히 내려놓았다. 어디로 가든 지금의 위치를 확인시켜줄 것이다.

"알았어. 그럼 한 바퀴만 돌아보고 아무것도 발견 못 하면 돌아가는 거다?"

두렵긴 해도 이대로 돌아가는 게 내키지 않기는 부건도 마찬가지였다.

앞으로 똑바로 가는 것도 말처럼 쉽지 않았다. 턱턱 앞을 가로막는 거대한 바윗덩이들을 기어 넘거나 옆으로 십여 미터 가까이 돌아가거나 하는 동안에 둘은 방향감각을 잃고 말았다. 이젠 막무가내로 그저 앞을 향해 가는 것 말고는 방법이 없었다.

입안이 마르고 이마에서 땀이 흘러 눈을 찔렀다. 체감으로는 몇 시간은 훌쩍 지난 것 같았다.

그때였다. 20미터쯤 앞에서 바위의 윤곽이 불쑥 부풀어 오르는가 싶더니 두 개의 형체로 서서히 분리되었다. 공포 때문에 죽는다는 게 이런 거구나. 미마는 부건의 집에서 괴한의 습격을 받았을 때보다 지금이 더 무서웠다. 그땐 최소한 적이 무엇인지는 알았다.

보완경에 생체 신호가 잡혔다. 떨어져 나온 바윗덩이의 윤곽 안에 열 분포의 이지러진 동심원이 나타났다. 심장 부위가 진홍색으로 빛나며 박동했다.

그것이 한 발, 한 발 이쪽을 향해 떼어놓자 미마와 부건의 발밑까지 "쿵, 쿵." 하는 진동이 고스란히 전해져 왔다. 미마는 저도 모르게 부건을 잡아끌어 옆에 있는 바위 뒤로 몸을 숨겼다. 괴물이 둘을 알아챈 게 아니기만을 간절히 빌었다.

그것의 목구멍에서 참을 수 없이 신경을 긁는, 높고 끔찍하고 거친 울음이 터져 나왔다. 내장을 울걱울걱 토해내는 듯한, 몹시 괴롭게 느껴지는 울음소리였다. 그것은 쿵쿵 땅을 울리며 점점 더 다가왔다. 미마는 심장이 밖으로 튀어나올 것만 같았다.

마침내 그것의 모습이 눈앞에 드러났다.

뭐라고 설명해야 할까? 털을 벗긴 거대한 새? 두 발로 걷는 악어?

새의 부리처럼 길쭉한 주둥이에는 뾰족한 이빨이 두 줄 나란히 나 있었고, 커다란 덩치에 비해 안쓰럽도록 왜소한 앞발에는 독수리처럼 날카로운 발톱이 있어 금세라도 자신들을 움켜쥘 듯했다. 저 발톱에 걸려 찢기고 저 이빨에 우두둑 씹히는 광경이 눈앞을 시나브로 스쳐 갔다. 미마는 저도 모르게 눈을 질끈 감았다.

부건은 전자 도감에서 비슷한 생물을 본 기억이 났다.

'백악기에 살았다는, 새의 조상으로 여겨지는 깃털 공룡 딜롱이야.'

도감의 그림도 상상도라 똑같지는 않았지만 비슷해 보였다.

부건의 가슴속에 조금씩 확신이 자리 잡았다. 곰쥐 떼, 그리고 저 괴물―.

'역진화로 생겨난 동물이야.'

역진화로 조상의 고(古)유전자가 발현된 생물.

부건이 정신이 팔려 저도 모르게 고개를 내밀자 기겁한 미마가 부건을 잡아당겼다.

그 유사 딜롱은 이제 둘이 숨은 바위 바로 앞까지 왔다.

체온과 체취를 차단해주는 보호복을 믿고 꼼짝 않고 있을 도리밖에는 없었다.

놈은 다행히도 두 사람을 발견하지 못한 듯 땅을 울리며 바로 옆을 스쳐 지나갔다. 우툴두툴한 근육질의 넓적다리가 손 내밀면 닿을 거리에 있었다. 이 순간이 몇 초만 더 이어졌어도 둘은 아마 숨이 넘어가고 말았을 것이다. 마침내 발소리가 완전히 멀어지자 부건과 미마는 맥이 풀려 바닥에 풀썩 주저앉았다.

"네 말 듣고 여기까지 온 내가 미쳤지."

부건이 속삭였다.

"미안해."

"흥."

"저 괴물 때문에 곰쥐들이 스트레스를 받은 거겠지?"

부건이 고개를 끄덕였다.

"그럴 거야. 곰쥐들이 없었다면 녀석도 이 동굴의 생태계에선 살아남지 못하고 굶어 죽었을 테니까. 한 끼로 엄청난 수의 곰쥐를 먹어치워야 할걸."

"그런데 괴로워 보였어."

"음. 상태가 좋아 보이진 않았어."

부건도 동의했다.

"대체 어디서 나타난 걸까? 이 안에서 백 년 전부터 살았을 리는 없고."

"우리가 곰쥐라고 부르는 생물은 생태학적으로 열대 생물이 아니야. 쥐처럼 생겼지만 레밍 같은 한대 지방에 사는 포유류과야. 방금 그 생물은 백악기 공룡의 조상이고. 어디서 공수되어 오려야 올 수 없지. 현존하지 않으니까."

부건의 말에 미마는 충격을 받았다.

"고유전자……."

"응, 확신해. 고유전자 발현체야."

미마는 부건의 집에서 본 식물을 떠올렸다. 곰쥐와 방금 본 그 괴생물을 칸과 그 어머니가 창조했다면 그들은 부건의 아버지보다 한 걸음 더 나아간 것이다.

그것이 위대한 진전인지, 무모한 도전인지 미마는 알 수 없었고 어서 칸을 다시 만나고 싶었다. 부건이 말을 이었다.

"좀 전의 그놈, 고유전자의 스위치가 켜질 때 어떤 부정적인 영향을 끼치는 유전자의 스위치도 동반해서 켜진 게 아닐까?"

이렇게 유전자 스위치가 합리적인 이유 없이 연결되어 있는 경우는 흔하다고 했다. 어떤 불치병을 유발하는 유전자를 제거하면 다른 종류의 풍토병을 억제하는 유전자 스위치도 함께 꺼지는 식으로.

"자연적인 돌연변이가 아니고 역진화 발생기에 의해 스위치가 켜지는 경우에는 그런 부작용이 없다고 아버진 믿고 계셨는데. 아무튼 저 괴물은 지리적 단층으로 친다면 엄청나게 밑에 위치하는 거니까 알 수 없는 일이야."

"어서 가자."

미마가 벌떡 일어났다.

"칸을 찾아야 해."

부건이 한숨을 쉬었다. 미마가 마음먹은 이상 자기가 돌려세울 수는 없을 터였다. 혼자서 돌아갈 순 없으니 따라가는 것밖에 방법이 없었다.

"칸, 혹시 제가 만든 괴물들에게 잡아먹힌 거 아냐?"

부건의 농담에 미마는 정색했다.

"그런 소리 마."

계속 움직일 때는 몰랐는데 멈추었다가 다시 움직이려니 지쳐서일까, 어둠이 사방에서 짓눌러와 벌레처럼 오그라드는 느낌이었다. 발로 땅을 딛고 있는데도 위아래와 사방이 마구 뒤섞였다.

그때 미마는 보완 시각 깊숙이 어둠에 묻혀 있는 흰 먼지 같은 것을 보았다.

빛이다.

이런 동굴 지대 깊숙이 빛이 있을 이유가 없다는 생각은 떠오를 틈이 없었다. 그저 발이, 그리고 몸이 앞으로 달려 나가고 있었다. 화들짝 놀란 부건도 죽기 살기로 따라왔다.

숨이 턱까지 차올라 죽을 것 같은 순간,

빛의 점은 점점 부풀어 오르더니

통로가 되어 나타났다.

지옥의 어둠에 갇혀 있다가 한 점의 빛을 발견하니 희열로 가득 차 통로 뒤에 어떤 위험이 있을지도 모른다는 생각 따윈 떠오르지도 않았다.

통로를 빠져나가자 거대한 수직굴이 나타났다. 중간 지점에서부터 폭이 완만하게 넓어지며 바닥에 가까워지면 굴 벽이 바깥쪽으로 처마처럼 우묵하게 휘어지는 모양의 굴이었다. 그 처마 아래 곁굴 중 하나가 미마와 부건이 들어온 통로였던 것이다. 두 사람은 고개를 젖혀 위를 보았다. 수직 거리 100미터쯤 위에 우물처럼 뚫린 직경 20미터 크기의 굴 입구로 빛이 들어오고 있었다. 거기, 두 사람이 처음으로 직접 보는 빛깔이 있었다. 홀로그램이나 책으로 보는 게 아니라 실제로 목격하는, 파란빛.

진짜 하늘이었다. 믿을 수 없지만 두 눈으로 보는 현실이었다.

미마와 부건은 저도 모르게 손을 잡았다.

"저렇게 아름다운 빛깔, 본 적 있어?"

부건이 속삭였다.

"아니. 꿈에서도."

구세계를 아는 1세대들이 자기들이 잃은 세상에 대해 슬퍼할 때 호들갑이라고 생각했었다. 아이들은 그 세계를 몰랐고 모르는 걸 잃을 수는 없으므로.

고개만 들면 언제든 저토록 쨍하게 새파란 하늘을 볼 수 있는 세상에 대해 처음으로 미마는 호기심과 그리움을 느꼈다. 그리고 또 어떤 빛깔들이 있었을까. 얼마나 다채롭고 생기 넘치는 빛깔들로 이루어진 세상이었을까. 그에 비하면 시안을 이루는 빛깔들은 차갑고 지루했다.

어떤 종류의 경험은 사람의 인생을 전과 후로 나눈다. 미마에겐 지금이 바로 그랬다. 이제 다시는 저 파란 천공을 보기 전으로 돌아가지 못할 것 같았다.

"시안 당국이 이걸 모를 리가 없어."

부건이 중얼거렸다.

"모를 리가 없지."

미마는 고개를 끄덕였다.

"이해가 안 돼. 대체 왜 시안을 얼음 땅 아래 가둬두려는 거지?"

"그게 보호라고 생각한 건 아닐까?"

"무엇으로부터?"

미마는 고개를 젓고 다시 하늘을 하염없이 바라보았다. 부건은 이제 좀 여유를 되찾고 주위를 찬찬히 살폈다.

"미마, 저길 봐!"

동굴 벽 아래 오목하게 파인 공간에 누군가 누워 있었다. 둘은 얼른 달려갔다.

칸이었다.

칸은 미라처럼 꼼짝도 하지 않고 누워 있었다. 미마는 떨리는 손으로 코에 손을 대어보았다. 숨을 쉬지 않았다. 심장이 있는 쪽에 뺨을 댔다. 박동도 없었다.

칸은 죽어 있었다.

11

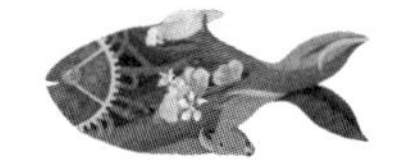

미마는 칸의 차가운 몸을 녹이면 다시 살아나기라도 한다는 듯 칸을 꽉 끌어안았다. 충격이 너무 커서 눈물조차 나오지 않았다.

신비로운 힘을 가진 칸. 차가운 세계의 이쪽 끝과 저쪽 끝에 각자 있대도 모두가 서로 연결되어 있음을 깨닫게 해주던 칸.

칸은 시안의 아이들을 다른 세계로 안내해줄 사람이라고 생각했다. 그랬는데, 어째서 이런 일이?

"미, 미마."

부건이 떨리는 목소리로 미마를 불렀다.

"방, 방금 그 애 손가락이 꿈틀하는 걸 봤어."

"뭐?"

미마는 칸을 내려다보았다. 손은 움직이지 않았다. 그런데 왠지 아까보다 조금, 아주 조금 얼굴의 혈색이 돌아온 것처럼 느껴졌다. 부건이 칸의 가슴에 뺨을 댔다. 미마는 부건을 지켜보았다. 부건은 잠들었나 싶을 정도로 오랫동안 그 자세로 있었다. 한참 만에 얼굴을 들어 올리는 부건의 눈에는 놀라움이 가득했다.

"심장이, 뛰어……."

"뭐, 뭐라고? 아깐 분명히……."

"뛰긴 뛰는데 아주 느리게 뛰어. 믿을 수 없을 정도로 간격이 길어."

"대체 무슨 소릴 하는 거야?"

미마는 부건을 밀어내고 칸의 가슴에 뺨을 댔다.

정말로, 칸의 심장이 뛰었다. 정상적인 인간의 것이라기엔 너무 느렸지만 분명히 뛰고 있었다.

놀란 미마와 부건이 지켜보는 가운데, 약 삼십 분이 흐르고 칸의 입술에서 옅은 한숨이 새어 나왔다. 이윽고 속눈썹이 떨리더니, 칸이 눈을 떴다.

"미마…… 와줬구나."

굳어서 잘 움직이지 않는 혀로 칸이 말했다.

"칸……."

미마가 넋이 나간 얼굴로 칸을 바라보았다.

"내가 얼마나 잔 거지……. 일주일? 열흘?"

"자, 잤다고? 이 추운 곳에서? 열흘이나? 넌 심장도 뛰지 않았어!"

미마의 말에 칸이 입꼬리를 올렸다. 웃으려고 했으나 힘이 없는 것 같았다. 칸은 체격도 눈에 띄게 줄어든 것처럼 보였다.

"엄밀히 말하자면 동면이지. 안 그래?"

부건이 불쑥 끼어들었다.

"동……면?"

"더 정확히 말하자면 대사 동결."

칸이 차분한 눈빛으로 부건을 바라보았다. 부건이 미마를 보며 말을 이어갔다.

"생물이 극단적인 환경에 적응하는 방법 가운데 하나야. 체온이나 수분을 주위 환경에 맞추고 신진대사가 멈춘 상태를 유지하는 거지. 인간에겐 그런 능력이 없지만…… 구세계의 자료를 보면 차가운 물에 빠지거나 눈 속에 파묻혀 있다 구조된 아이가 다시 살아난 경우도 있긴 해."

미마는 상상을 뛰어넘는 칸의 능력에 압도된 기분이었다. 차츰 그 힘의 의미가 또렷하게 다가왔다. 칸에겐 저 지상의 세계가 넘을 수 없는 미지의 장벽이 아닌 것이다. 부건의 눈길이 칸을 향했다.

"넌 내가 누군지 모르겠지만 난 알아. 네 어머니와 우리 아버지는 한때 서로 사랑하는 사이였어. 네 어머니가 다시 난민촌으로 돌아가는 바람에 헤어지셨지만."

칸이 미소를 지으며 고개를 끄덕였다.

"엄마에게 들은 적이 있어. 네가 그분의 아들이구나."

"네 어머니는……."

"돌아가셨어."

"그분은 연구를 계속하신 거지."

"그래."

부건이 침을 꿀꺽 삼키곤 굳은 표정으로 물었다.

"저 곰쥐도, 공룡 같은 괴물도 네가 만들어낸 거니? 그 물고기처럼?"

"그렇다고 해야겠지. 난 엄마의 유일한 동료인 동시에 일생을 바친 연구의 결실이기도 해."

미마 역시 짐작했던 일이었지만 막상 칸에게서 직접 들

으니 뒤통수를 맞은 것처럼 충격적이었다.

"어떤…… 무엇을 위한 결심인데?"

미마가 조심스럽게 물었다. 칸이 머리 위를 가리켜 보였다.

"지상……? 저 위로 나가겠다고?"

칸이 고개를 끄덕였다.

"언젠가는."

"하지만……."

칸이 간절한 눈빛으로 미마를 보며 말했다.

"넌 나가고 싶지 않니?"

"나, 나도 가고 싶어."

"너라면 같은 마음일 줄 알았어. 그래서 네가 이곳에 오길 바란 거야. 네 눈으로 직접 보게 해주고 싶어서."

"하지만…… 난 너 같은 능력이 없어."

"그렇지 않아. 이건 특별한 능력이 아니야. 우리 안에 있는 자연의 힘이고 자연의 일부야."

칸이 미마의 손을 잡았다. 아직 냉기가 남아 있었다. 전망대에 흐르던 냉기가 떠올랐다. 미마는 눈을 감았다. 시간의 맥박이 차츰 느리게…… 더욱 느리게…… 그리고 광물의 일체감이…….

"그만둬! 뭐하는 거야? 미마, 눈 떠!"

부건이 칸을 밀어내고 미마를 흔들었다. 미마는 어리둥절해서 눈을 뜨고 왜 그러느냐고 하려고 했다. 그런데 입술이 뻣뻣하게 굳어 말이 나오지 않았다. 입술을 만지려고 했지만 손이 움직이지 않았다.

"미마, 얼굴이 회색빛이야. 여기서 나가자. 앤 너무 위험해."

부건이 칸을 노려보았다.

"넌 위험해. 지금 미마를 죽일 뻔했어! 네 곰쥐 떼는 어떻고! 그 녀석들이 아마존을 파괴하고 있다고! 넌 엄청난 힘을 가진 어린아이일 뿐이야."

미마가 그런 부건을 밀며 화를 냈다.

"그만해. 칸에게 소리치지 마. 우리 모두 시행착오를 겪으며 성장해. 난 아무것도 두렵지 않아. 난 칸을 믿어."

칸의 눈빛이 흔들렸다.

"죽지 않아. 내가 미마를 왜 죽이겠어. 그 애들이 아마존에 해를 끼쳤다면 미안해. 자석과 쇳가루처럼 우린 연결되어 있는데, 내가 잠들어 있는 동안 그 힘이 사라졌나 봐. 그 애들은 제 나름의 본능이 있어. 태어날 때부터 가졌던 이주 본능이야. 빙하 시대에 많은 동물들이 그런 식으로 남과 북을 오가면서 살았으니까……. 내가 다시 불러들일게. 어차피……."

칸이 슬픈 눈을 했다.

"아마존은 그 애들에게 맞지 않아. 내가 시안에 맞지 않는 것처럼."

칸이 파란 하늘을 올려다보았고 미마는 그런 칸을 보았다. 칸은 정말로 저 차가운 백색 세계로 나갈 생각일까? 그건 너무 고독할 것 같았다. 칸이 왜 물고기를 갖다주었는지, 왜 자연사 수업에 몰래 들어왔는지, 그리고 왜 쿠게오가 만든 싱커 게임을 묵인했는지 알 것 같았다. 그것은 특별한 자든 평범한 자든 인간이라면 누구나 가지고 있는 욕망—이해받고 함께하고 싶은 욕망 때문이었을 것이다.

"화낸 건 미안해. 하지만 넌 네 힘이 위험할 수도 있다는 걸 알아야 해. 넌 아직 어린데……."

부건이 누그러진 말투로 다독이듯 말했다. 비록 체구는 칸이 훨씬 크다 해도 생각해보면 부건이 형이었다. 부건이 칸에게 형처럼 말하는 걸 들으니 미마는 왠지 마음이 따뜻해졌다. 비록 신비한 힘을 가지고 있다 해도 아직 어린 칸이 엄마가 돌아가신 후로 아마존에서 홀로 과업을 수행해온 것이다. 그 무거운 고독을 미마로선 가늠하기도 어려웠다.

"우리도 도울게. 무얼 해야 할진 아직 모르겠지만……. 싱커들에게도 알리자. 모두 힘을 합하면 길이 열릴 거야."

천진한 기쁨으로 눈을 반짝이는 칸의 모습엔 거부할 수 없는 자력이 있었다.

그때였다. 머리 위가 소란해졌다. 아이들은 위를 올려다 보았다.

암벽이 잠에서 깬 돌 거인의 근육처럼 꿈틀거렸다. 미마는 눈을 비볐다. 내가 꿈을 꾸나? 혹시 이게 모두 꿈인가?

암벽의 검은 비늘이 낱낱이 떨어져 내리기 시작했다. 미마는 그만 비명을 지르며 두 팔로 머리를 감쌌다.

"놀라지 마. 새들이야."

칸이 말했다.

비늘처럼 보인 건 새들의 날개였다. 바위 표면을 새들이 까맣게 덮고 있었던 것이다. 무수한 날개들이 퍼덕이며 바위에서 떨어져 나와 소용돌이무늬를 이루며 날아오르더니 한 덩이로 솟구쳐 올랐다. 그러고는 천공을 향해 검은 연기처럼 빠져나갔다.

미마와 부건은 넋이 나가 말문을 열지 못했다.

"저, 저 새들도 역진화의 산물이야?"

부건이 잠긴 목소리로 칸에게 물었다. 칸은 고개를 저으며 웃었다.

"그럴 리가. 저 새들은, 고향으로 가던 중이었어. 고향에서 여름을 맞으려고. 내가 불렀지. 여기서 묵어가라고."

칸이 놀라서 할 말을 잊은 부건과 미마를 향해 미소를 지었다.

"이제 알았지? 바깥세상은 눈과 얼음뿐인 곳이 아니란 걸."

귀가 닳도록 들으며 자랐잖아. 세상이 어떻게 멸망했는지. 새하얀 빙판 위로 불쑥 내민 고층 빌딩 철골들. 그게 우리가 자료 영상으로 본 지상의 모습이잖아. 그런데 말이야. 우리가 본 게 전부가 아니라면? 우리가 모르는 진실이 있다면 어떡할래?

—싱커 통신 중에서

"부건아, 오늘은 좀 건진 게 있니?"

미마가 쿠게오의 작업실로 들어서며 물었다. 돌아보는 부건의 얼굴이 피로에 찌들어 있었다.

"알아낸 게 있긴 해. 당시 바이오옥토퍼스 내에서 하인츠가 진행한 연구 내용인데…….”

당시 전 세계 농업은 기후 변화와 병충해로 위기에 처해 있었다. 하인츠는 원시 식물이 훨씬 생장 속도가 빠르고 수확량도 많으며 병충해에도 강하다는 사실을 농업에 이용하려 했다. ‘원시적인 생명력’이란 말은 괜히 있는 게 아니었던 것이다. 전도유망한 연구였다. 특히 기아로 고통받는 수많은 사람들에게 희망을 줄 수 있을 것으로 보였다.

바이오옥토퍼스는 하인츠의 연구에 관심을 보이며 특허 신청도 했다. 그러나 그뿐이었다. 바이오옥토퍼스는 이런 저런 이유를 대 결국에는 하인츠의 연구를 중단시켰다. 그의 연구 논문은 특허청의 서랍 속에서 기약 없는 동면에 들어갔다. 그 대신에 바이오옥토퍼스는 정확히 밝혀지지 않은 다른 실험 연구를 하인츠에게 맡겼다.

회사 내부에서는 하인츠가 개발한 원시 곡물들이 당시 재배되던 곡물에 비해 해충에 대한 저항력이 월등했기 때문에 연구를 중단시킨 것이라는 소문이 떠돌았다. 바이오옥토퍼스는 전 세계를 상대로 특허를 낸 종자와 살충제를 팔아 엄청난 수익을 거두고 있었던 것이다.

따지고 보면 당시 세계에 만연하던, 특히 가난한 나라 사람들을 죽음으로 내몰던 질병들도 다국적 제약회사들이 마음만 먹는다면 얼마든지 값싼 치료약과 백신을 개발할 수 있었을 거라고 부건은 말했다.

부건의 이야기를 듣자 미마는 입이 썼다. 검은 양복의 남자에게 습격을 받기 전에 이 이야기를 들었다면 큰 충격을 받았을 것이다. 하지만 이제는 바이오옥토퍼스에 대해 가지고 있던 신성한 이미지들이 깨진 지 오래였다.

"그…… 하인츠 박사에게 대신 맡겼다는 연구 말이야. 그게 단서가 될 수 있지 않을까?"

미마가 조심스럽게 물었다. 부건이 기지개를 켜며 대꾸했다.

"나도 그렇게 생각해. 그게 뭔지 알 수 없다는 게 문제지."

미마는 한숨을 폭 쉬었다.

"싱커 통신에 올린 글에 대해 싱커들의 반응이 뜨겁지만, 이제 뭘 해야 할지 모르겠어. 우리 힘으로 할 수 있는 일은 많지 않아. 시안 사회 전체에 표면화시키는 게 좋을지도 모르겠고."

미마는 보리스 씨의 사무실에 갔을 때 느낀 낭패감을 떠올리자 새삼 기가 꺾였다. 괜히 아이들을 곤란하게 만들 수도 있었다. 그저 "지상엔 눈과 얼음만이 아니고 새도 있어요!"라고 외치는 것뿐이라 해도 말이다.

"여기들 있었군."

쿠게오가 들어왔다.

"휴게실로 와서 티브이 좀 봐봐. 너희들 유명 인사가 됐어."

무슨 말인가 싶어 휴게실로 간 부건과 미마는 깜짝 놀랐다. 홀로그램 티브이 화면에 커다랗게 잡힌 것은 다흡과 욘등 아는 얼굴들이었다.

중앙광장에서 아이들이 방송 기자들에 둘러싸여 인터뷰를 하고 있었다. 그 사이에 보리스 씨의 모습도 보였다. 그 자리를 만드는 데 보리스 씨가 일조했음을 느낄 수 있었다. 다흡의 잔뜩 긴장한 얼굴이 클로즈업되었다.

"……저희는 친구를 찾고 있습니다."

"그 친구들이 실종되었나요?"

"아니요. 제 친구들은 실종된 게 아니라 자기 발로 달아났습니다."

"그게 무슨 말이죠?"

"누군가가 집에 침입해 제 친구들을 죽이려 했습니다. 제 친구들은 영문도 모르는 채 달아나야 했습니다."

다흡의 두 눈이 젖어 들었다.

"혹시 친구들을 죽이려 한 사람이 누군지, 또 그 이유가 무엇인지 조금이라도 아는 게 있습니까?"

다흡이 화면을 정면으로 응시했다. 야윈 듯한 다흡의 얼굴은 비장했다.

"아니요. 저희는 아는 것이 없습니다. 그건 그 친구들도 마찬가지일 겁니다. 우린 그저 예전으로 돌아가고 싶을 뿐입니다. 제 친구들을 보고 싶습니다. 단지 그것뿐입니다."

아이들이 가지고 나온 전자 피켓을 흔들었다. 그 피켓들에는 미마와 부건의 사진이 떠 있었다. 화면에 사진들이 클로즈업되었다. 미마는 절로 얼굴이 붉어지고 가슴이 뭉클해졌다. 위험을 무릅쓰고 우리를 위해 나서주었구나. 아이들이 어떻게 이런 용기를 냈을까.

"이 아이들 이름은 부건과 미마입니다. 시안의 청소년 모두가 두 아이의 얼굴을 알고 있습니다. 우리가 두 사람을 지켜줄 것입니다. 반드시 찾아낼 것입니다."

쿠게오가 휘파람을 불었다.

"오, 네 친구 대단한데."

미마는 가슴이 거칠게 고동쳐서 숨 쉬기가 힘들었다. 부건도 마찬가지인지 미마의 손을 꼭 쥐었다.

"지금까진 너희들의 흔적을 네트에서 지워버린 터라 신

경 쓸 필요가 없었는데 앞으로 어떻게 나올지 흥미로운데. 이젠 너희들이 무사히 시안의 공개 단체 따위에 들어가기만 한다면 목숨은 건질 수 있을지도 모르겠네."

쿠게오가 말린 열매 비슷한 걸 씹으며 재미있다는 듯 미마와 부건을 보았다.

"정말…… 정말 그럴까?"

미마가 떨리는 목소리로 물었다.

그러나 희망은 단 하루 만에 물거품이 되었다. 다음 날 쿠게오가 부르는 소리에 티브이 앞으로 다시 달려간 미마는 절망했다.

"특종입니다. 두 실종 청소년이 난민촌 암흑 조직에 납치되었다는 제보가 들어왔습니다."

화면에는 알리마 아버지의 얼굴이 나타났다. 미마는 그만 온몸에 힘이 빠졌다. 쿠게오가 잡아먹을 듯이 화면 속 알리마의 아버지를 노려보았다.

"조직의 일원이었다가 탈주한 것으로 알려진 이 제보자는 두 청소년이 노예처럼 혹사당하고 학대받고 있다고 전했습니다. 또한 이 암흑 조직은 아이들에게 불법 게임까지 보급하고 있다고 합니다. 최근 청소년들 사이에 만연한 이상 증후들, 특히 무리 지어 다니며 피해망상적 집단행동을 보이는 것이 이와 관련이 있을 것으로 추정되면서 선량한 시민들의 우려가 커지는 실정입니다."

미마와 부건은 뒤통수를 망치로 얻어맞은 심정이었다. 내내 마음 한구석 찜찜했던 게 있었다. 탕쯔칭이 싱커 게임을 알고 있는데도 왜 싱커들을 향한 탄압이 없었는가?

이제야 깨달을 수 있었다. 그들은 몰랐던 게 아니었다. 진작부터 깊숙이 촉수를 들이밀고 있었던 것이다. 결정적 순간이 올 때까지 기다린 것뿐이었다.

"이 일로 인해 난민촌의 불법 집단에 대한 당국의 유화 정책에 강한 비판이 쏟아지고 있습니다. 다수의 지도층 인사들이 언제까지 관용과 무관심으로 응대할 일이 아니라는 데 의견을 같이하고 있습니다. 따라서……."

쿠게오는 홀로그램 티브이를 껐다. 미마가 두려운 눈으로 쿠게오를 돌아보았다.

"한바탕 싸움을 피할 수 없겠는데."

쿠게오는 무심히 툭 내뱉을 뿐이었다.

12

다음 날 진압 로봇들이 1단계로 메이징타운을 점령하고 비시민을 솎아내기 시작했다. 로봇들의 진격을 위해 폐쇄되었던 터널의 출입구를 복구하는 작업도 병행하고 있었다. 일촉즉발의 긴장감이 난민촌에 감돌았다. 기존의 비상통로로 피란을 떠나는 사람들도 있었다. 가서 붙잡히더라도 맞서 싸우다 당할 피해보다는 낫겠다는 판단이었다. 하지만 대부분의 사람들이, 심지어 코흘리개들까지도 결전을 다짐하고 있었다. 쿠게오는 특유의 무심한 태도로 빈틈없이 전투에 대비하여 작전을 지시하고 배치 계획을 짜고 있었다. 휴게실은 참모실로 변했다.

"가능한 한 마을에서 멀리 떨어진 곳에서 전투를 해야 해. 그래야 인명 피해도 적을 테고. 터널을 통과할 때까지는 맞붙어선 안 돼. 거기서는 로봇들과 싸워도 승산이 없지. 숨을 곳도 마땅찮고. 게릴라전이 가능한 좁은 공간이어야 해. 터널을 막 통과해 나오면 철도가 두 개로 나뉘어 폭이 좁지. 분리벽이 간격을 두고 서 있어서 엄폐물 구실도 해주고. 1차는 거기서 붙는다. 로봇의 시야각이 좁은 걸 이용해서 우선 전위부대가 터널 입구 양쪽 벽에 숨어 있다가 첫 번째 기습을 맡아. 이게 해킹해서 찾아낸 진압 로봇의 설계도야. 거기 붉게 표시해놓은 부분이 취약점들이고. 로봇의 머리와 몸체 연결 부위가 공격 포인트야. 진압 로봇은 팔이 없는 대신 몸통에서 마비 광선을 360도로 총 열다섯 군데에서 쏘는데 머리의 회전 각도는 90도밖에 안 되니까 항상 측면 공격을 명심하고. 먼저 머리를 돌린 다음 위치 확인하고 몸통에서 마비 광선이 나온다는 거 잊지 마. 머리와 몸체 연결 부위에 공격을 받아 인공지능이 훼손되면 작동을 멈출 거야. 그리고 너희들은 조를 짜서 물탱크들에 물을 확보해. 전투가 시작되면 배관을 철거할 게 분명해. 이 사태가 종료될 때까지 버틸 수 있는 양을 확보해야 해."

난민촌 플랫폼 곳곳에서는 쿠게오가 조달한 무기들을 익히는 사람들로 분주했다. 미마는 왠지 모를 소외감을 느꼈다.

"난민 여러분, 시안 당국은 여러분들에게 비인도적인 처사를 할 의도가 없습니다. 우리는 불법행위를 근절하고자 합니다. 불법 상품을 판매한 조직원과 납치된 청소년 들을 넘기십시오. 그러면 어떤 폭력적인 사태도 벌어지지 않을 것입니다."

치열한 싸움이 벌어지는 현장 한쪽에서 로봇의 무감동한 메시지가 끈질기게 반복되고 있었다. 이미 로봇들은 터널을 완전히 장악하고 난민촌 철도 입구까지 진출해 있었지만 반군들의 저항도 만만치 않았다. 많은 로봇들이 취약 부위를 공격당해 작동 불능이 되었다. 로봇들은 시안의 군사 전문가와 뇌-기계 인터페이스로 연결되어 움직였다. 시안의 특성상 전투 경험과 전문 지식을 갖춘 인력이 부족한 것이 이쪽의 이점이었다. 기계에 관한 한 천재적인 쿠게오는 작동 불능으로 버려진 로봇들을 수거해다가 기존의 뇌-기계 인터페이스를 수정해 반군 쪽에서 조종 가능하게 만들어 재활용했다. 로봇의 진압용 무기인 마비 광선은 같은 로봇에게는 듣지 않기 때문에 주로 육박전을 위한 전위부대와 방패막이로 썼다. 그런 싸움에서 치명적으로 부서진 로봇들은 진지 앞쪽에 쌓아 바리케이드로 만들었다.

진압 로봇은 360도 회전하는 몸통의 팔방에서 광선을 쏘아대 피하기가 힘들었다. 대신 단순 진압용이라 손이 없기 때문에 섬세한 작전을 수행하기 어렵고, 복잡한 부속을 파괴하면 무력하게 만들 수 있었다.

마비 광선의 충격을 줄이기 위해 반군들은 동원할 수 있는 온갖 것들 — 옷가지들을 껴입고 그 위에 뿌리면 몇 초 안에 굳는 액체 라텍스를 분사하고 굳기 전에 옷을 더 껴입거나 진흙 따위를 바르는 식으로 원시적인 보호복을 만들었기 때문에 하루 이틀 시간이 지나자 모두 우중충한 갑충들처럼 보였다. 그런 상태로 머리에 헬멧을 쓰고 로봇들에게 돌진했다. 그렇다고 해도 로봇들의 공격을 완전히 막을 수는 없기 때문에 전위부대가 기러기 대열로 달려 나가면 그 사이로 공격부대들이 돌진하는 방법을 썼다. 전위부대가 총을 맞고 쓰러지면 전진하는 로봇들의 바퀴에 깔리지 않도록 지원부대가 얼른 달려가 벽 쪽으로 끌어냈다.

"난민 여러분, 시안 당국은 여러분들에게 비인도적인 처사를 할 의도가 없습니다. 우리는 불법행위를 근절하고자 합니다. 불법 상품을 판매한 조직원과 납치된 청소년 들을 넘기십시오. 그러면 어떤 폭력적인 사태도 벌어지지 않을 것입니다."

"이런 제길! 더 이상 저런 헛소리는 못 참겠어!"

마침내 누군가 폭발했다. 미마가 처음 난민촌에 왔을 때 급수 당번을 맡고 있던, 고지식하고 체구가 왜소한 몬수 씨였다. 몬수 씨는 맹렬하게 선전 로봇에게 돌진을 감행했는데 마침 휴식 중이던 로봇(물론 쉬는 건 시안의 조종자지만)들 가운데 경계 근무를 서던 로봇이 깜짝 놀라 광선을 쏘아댔다. 보호복을 뚫고 피부가 불타는 것 같았지만 몬수 씨는 이를 악물고 참으며 내처 달려갔다. 그는 선전 로봇의 머리와 어깨의 연결 부위에 집중적으로 총을 쏘았다. 마침내 덜거덕거리며 선전 로봇이 조용해졌다.

모두 지쳐 있었다. 파괴될 뿐 지치지도 흔들리지도 않는 상대와의 싸움은 차츰 무력감과 우울의 기운을 불어넣었다. 이 싸움이 언제까지 계속될 것인가 생각하면 침울해질 수밖에 없었다. 방어적 공격 말고는 할 수 있는 일이 없었기 때문이다. 이들을 모두 물리친다 해도 시안까지 쳐들어가는 것은 무리였다.

양쪽 다 휴식에 들어가면서 소강상태가 이어지고 있었

다. 그때 로봇의 대열에서 새로운 선전 로봇이 앞으로 미끄러져 나왔다. 다시 메마른 로봇의 음성이 흘러나왔다. 그러나 메시지의 내용은 이전과 달랐다.

"우리는 이번 사태를 인도적으로 해결하기 위해 최선을 다했습니다. 하지만 난민 여러분들은 문제의 평화적 해결에 전혀 협조하지 않고 있습니다. 더 이상 시안의 통치 이념에 위배되는 작금의 사태를 용인하지 않겠습니다. 최종 통보입니다. 내일 표준시 20시까지 전투태세를 풀고 범죄자들을 인도하십시오. 통보 시한이 지나면 평화적으로 해결할 뜻이 없는 것으로 받아들이고 특수부대를 투입해 범죄자 체포 및 진압 행동에 돌입할 것입니다."

늦은 일괄 소등 시간 때문에 환한 난민촌의 밤, 아이들이 골목골목을 뛰어다니며 놀고 있었다. 지친 어른들이 아이들을 방치한 채 모두 곯아떨어지는 바람에 아이들은 되레 신이 났다. 쿠게오를 찾아 휴게실로 가던 미마는 땟국이 흐르는 옷을 껴입은 아이가 뛰어가는 걸 불러 세웠다.

"너, 밥은 먹고 노는 거니?"

꼬마는 멈춰 서더니 자기가 밥을 먹었는지 안 먹었는지 생각하는 눈치였다.

“오늘 몇 끼나 먹었니?”

“오늘이요? 음…… 아까 아까 한 번 먹었는데요.”

미마는 주머니에서 주먹밥을 꺼내주었다. 아이는 그제야 배가 고팠는지 맛있게 먹기 시작했다. 친구가 부르는 소리가 나자 더욱 빨리 먹었다. 가져가면 빼앗길지도 모르니 다 먹고 갈 속셈인 모양이었다.

미마가 휴게실에 들어섰을 때 쿠게오는 참모 노릇을 하는 청년 하나와 이야기를 나누고 있었다.

“왜 불렀어?”

“저녁은 먹었어?”

미마는 고개를 끄덕였다. 쿠게오와 대화를 마친 청년은 소파로 가더니 다리를 쭉 뻗고 누워 잠을 청했다.

“어쩔 생각이야?”

미마가 긴장된 얼굴로 물었다. 쿠게오가 의자를 향해 손짓했다. 미마는 짧게 한숨을 쉬고 앉았다.

“우릴 넘겨.”

쿠게오가 쿡쿡 웃었다. 청년이 무거운 눈꺼풀을 들어 둘을 살펴보더니 다시 잠에 빠져들었다.

“네가 이 일에 책임감을 느낄 필욘 없어. 시안 당국은 진작부터 나 같은 골칫덩이들을 솎아내고 싶어 했으니까. 그

쪽에서도 난민들이 말썽만 부리지 않으면 이 쓸모없는 공간에 오글오글 뭉쳐 사는 게 편하지. 인권 단체나 여론 때문에 난민촌을 완전히 추방할 순 없으니까."

자기 말이 스스로 우스운 듯 쿠게오가 냉소를 지었다.

"어디로 추방하겠어?"

쿠게오는 웃지만 미마는 목이 메어왔다. 그렇다. 어디로 추방하겠는가.

"그럼 가만 앉아서 당할 생각이야?"

"앉아서 당하진 않지. 끝까지 싸워야지. 됐다, 그건 우리 일이고……."

쿠게오가 캐비닛에서 무언가를 꺼내 테이블 위로 툭 던졌다.

"새로운 칩이야. 부건과 시술실로 가서 칩을 다시 이식하도록 해."

"뭐?"

"시안으로 돌아가란 소리야. 밤에 비밀 통로로 빠져나가. 그 칩은 빌린 거니까 필요 없어지면 헤이베이에게 알려줘."

"치, 칩을 빌렸다고?"

"그럼 뭐 위조라도 한 줄 알았어? 다른 건 몰라도 칩 위조는 안 되지. 메이징타운에서는 돈만 있으면 뭐든 살 수 있어. 칩은 쉬운 축에 속해. 시술도 간단하고. 칩을 빌려준 사람은 다시 돌려받을 때까지 잠시 바깥나들이만 삼가면 되니까. 돈도 직업도 없는 사람에겐 어려울 게 없는 일이지."

"그, 그래. 알았어. 그런데…… 우리만 여길 빠져나가라고? 그럴 순 없어."

쿠게오가 냉정한 표정을 했다.

"오지랖 넓게 굴지 마라. 여기 일은 우리 문제야. 너휜 너희 자리로 돌아가. 정 우릴 돕고 싶다면 그곳으로 돌아가서 뭔가를 해라. 여기선 짐이 될 뿐이니까."

미마는 말문이 막혔다.

헤이베이가 미마와 부건을 메이징타운까지 데려다주었다. 미마는 시안의 층과 층 사이에 비상 통로가 있다는 사실을 처음 알았다. 시스템 구역을 지날 무렵 헤이베이가 훌쩍훌쩍 울기 시작했다.

"왜 울어? 왜 그래, 무서워?"

"누나 이제 안 올 거잖아."

헤이베이가 울먹이며 말했다. 미마는 가슴이 뭉클했다. 그동안 알게 모르게 정이 쌓였던 것이다.

"아니야. 누가 안 온대. 꼭 다시 올 거야. 약속해."

미마가 힘주어 말했다.

헤이베이는 그 말을 믿는 것 같진 않았지만 고개를 끄덕였다.

"나, 누나한테 사과할 게 있어. 누나가 여기 처음 왔을 때, 속이는 게 나쁜 짓이라는 건 알았지만 누날 속였어. 그때 스파이 로봇이 터져서 뒤집어쓴 거, 그거 아무것도 아니야. 동물들도 일부러 보여준 거고. 싱커를 퍼뜨릴 만한 사람을 찾던 중이었는데, 누나가 눈에 띈 거야. 그땐 하나도 미안하지 않았어. 쿠게오 형이 세상엔 적과 우리 편 둘밖에 없다고 했으니까."

미마는 헤이베이를 꼭 안아주며 속으로 중얼거렸다.

내게 미안해하지 마. 너와 나, 우리에게 미안해해야 할 사람들은 따로 있을 거야. 이런 세상이 우리 책임은 아니잖아.

헤이베이가 미마의 품에 얼굴을 묻고 속삭였다.

"정말 다시 볼 수 있는 거야?"

"그럼. 꼭 기다려. 우리가 뭐든 할 테니."

헤이베이를 돌려보내고 인권위의 보리스 씨에게 연락했다. 보리스 씨는 무척 반가워했다.

“칩까지 이식했다니 그곳은 생각보다 대단하구나. 조심해서 오너라. 이렇게라도 너희를 보호해줄 수 있게 되어서 기쁘구나. 너희를 그렇게 보내고 나서 하루도 깊은 잠을 잘 수가 없었다. 여기 오면 휴식을 좀 취한 뒤에 기자회견을 하도록 하자. 무사히 돌아왔다고 만천하에 알려야지. 아무튼 여기도 조용하지 않단다.”

“보리스 씨. 난민촌이 공격받고 있어요. 뭔가 해야 해요. 도와주세요.”

“그래. 자세한 이야기는 만나서 하자꾸나.”

미마와 부건은 이동 튜브에 타자마자 꾸벅꾸벅 졸았다. 층과 층 사이를 지나는 튜브 창으로 보이는 건 어둠, 어둠뿐이다. 어둠 속에 뿌옇게 떠오른 자기 모습을 보고 있자니 떠돌이가 된 기분이었다. 손목의 칩이 이식된 자리를 들여다보았다. 새 칩의 원래 주인은 지금 뭘 하고 있을까? 자겠지? 부건의 이름은 나카지마 도조. 미마의 이름은 하야코 겐지. 모두 일본인 거리에 사는 사람들이다. 한때 시안에서 가장 부유한 동네였지만 시안 봉쇄 때 가족과 친척을 불러들이기 위해 시민권을 얻는 데 돈을 쏟아붓는 바람에 몰락하고 말았다.

‘우린 칩이 생겨서 마음이 놓이지만, 그 사람들은 불안

하겠지? 그냥 이대로 달아나 하야코 겐지로 살아버릴까? 가난한 하야코, 희망 없는 하야코로.'

어둠 속에 난민촌의 아이들, 헤이베이, 알리마, 아직도 자지 않고 고픈 배를 움켜쥐고 놀고 있을 아이들이 떠올랐다.

미마는 엄마가 왜 백 살이 넘은 나이에 자기를 낳았는지 이해하지 못했었다. 시안에서는 평생 여러 번 결혼하는 사람도 있고 단 한 번도 하지 못하는 사람도 있다. 능력이 없으면 결혼해서는 안 되고, 무거운 양육 부담을 져야 하는 아이를 낳는 건 더더군다나 안 되는 일이라는 게 미마의 예전 생각이었다.

미마는 주먹을 쥐고 튜브의 창을 쿵쿵 두드렸다. 꾸벅꾸벅 졸던 부건이 놀라서 충혈된 눈으로 미마를 보았다.

사랑하고 사랑받는 건, 인간의 가장 기본적인 본능이다. 난민촌에서도 사람들은 아이들을 사랑으로 보살폈고, 나이 든 엄마는 용기와 성실로 미마를 낳아 길렀다. 집을 팔고 요양원으로 들어간 것도 미마의 미래를 위한 선택이었다. 미마는 오래 엄마를 원망해왔던 게 미안했다. 난민촌의 아이들에게 엄마처럼 책임감을 느꼈다. 아이들을 돕고 싶고, 지켜주고 싶었다.

난민촌의 일괄 소등 시간이 한 시간쯤 지났을 때였다. 다급한 목소리가 괴괴한 정적을 가르며 울려 퍼졌다.

"기습이다! 기습이다!"

사람들이 잠자리에서 뛰쳐나왔다. 플랫폼은 매캐하고 뿌연 연기로 가득했다.

"비겁한 놈들! 내일까지라고 해놓고!"

헤이베이는 비몽사몽간에 악몽을 꾸다가 가슴이 답답해 깨어났다. 붉은 괴물이 너울너울 춤추고 있었다. 차츰 머리가 맑아지자 그게 불길이란 걸 알았다. 헤이베이는 벌떡 일어나 근처에서 자던 아이들을 흔들어 깨웠다. 그러고는 알리마를 들쳐 업고 밖으로 뛰어나갔다.

난민촌이 불타고 있었다. 사방에서 불길이 너울거렸다. 불길과 연기 사이로 사람들이 소리 지르며 뛰어다니고 있었다. 어른들이 퍽퍽 소리를 내며 날아오는 고무탄에 맞아 쓰러졌다. 그러면 무장 대원들이—로봇이 아니라 훈련받은 진짜 인간이—달려가 봉을 마구잡이로 내리쳤다. 공포심을 조장하기 위해 일부러 진압봉을 쓰는 것이었다. 아수라장이었다. 헤이베이는 구조물 사이의 틈새에 숨어 벌벌 떨었다. 눈물이 마구 쏟아졌다. 눈앞에서 소중한 보금자리가 파괴되고 사람들이 쓰러지고 있었다.

그때 누군가 뒤에서 헤이베이의 어깨를 잡아당겼다. 비명을 지르려는데 큰 손이 입을 막았다. 쿠게오였다.

"형!"

헤이베이는 울면서 쿠게오에게 안겼다. 쿠게오는 잠시 헤이베이를 안아주고 아직 잠에서 덜 깬 알리마를 쓰다듬어주더니 떼어놓으며 말했다.

"헤이베이. 아마존으로 가라. 저쪽 사람들이 없는 곳으로 조심해서—아이들은 크게 신경 쓰지 않을 테니까. 잠잠해질 때까지 피해 있어. 자, 어서!"

"형! 왜 칸 형에게 알리지 않아?"

"안 돼. 지금 칸에게 알리면 큰일 나. 그 애는……."

쿠게오는 주위를 둘러보더니 헤이베이의 귀에 대고 귓속말을 했다. 이를 들은 헤이베이는 울음을 뚝 그치고 쿠게오를 향해 고개를 끄덕여 보였다. 그러고는 알리마를 업은 채 다른 아이들을 이끌고 구조물들의 뒷벽에 가려진 철도로 내려갔다. 그리고 플랫폼 벽을 엄폐물 삼아 달려갔다. 아이들도 어미 거위를 따르는 새끼들처럼 열심히 따라왔다. 달려가는 중에도 쉴 새 없이 고무탄이 쏟아졌는데, 사람들의 비명 소리와 함께 뒤통수를 때리는 듯했다.

얼마나 달려갔을까. 비틀대며 무릎이 꺾여 푹푹 쓰러지

면서도 헤이베이는 멈추지 않았다. 알리마는 이제 무거운 흙 자루처럼 등을 짓누르고 있었다. 잠이 들었는지 자꾸 미끄러져 내리는 알리마를 추슬러 올리면서 헤이베이는 이를 악물고 걸어갔다.

마침내 신아마존으로 가는 전망대가 나타났다.

"헤이베이……."

칸이 있었다. 헤이베이는 안도의 한숨을 토하며 풀썩 주저앉았다.

"형…… 마을이 공격당했어. 쿠게오가 형에겐 알리지 말랬는데. 형이 화나면 안 된다고."

칸의 눈동자가 경악의 표정으로 커졌다. 순간 헤이베이는 무언가 이상한 걸 느끼고 말을 멈추었다. 알리마…… 알리마의 몸이 차가웠다. 헤이베이는 공포에 질려 등에 업힌 알리마를 돌아보았다.

알리마의 목과 등이 붉게 물들어 있었다.

"알리마…… 알리마?"

알리마의 작은 뒤통수에 붉고 끈적끈적한 것이 굳어 있었다. 헤이베이는 바들바들 떨며 알리마를 바닥에 내려놓았다. 힘없이 늘어지는 몸뚱이며 팔다리가 이미 알리마에게서 숨이 떠났음을 선명하게 보여주고 있었다. 아이 하나가 울음을 터뜨렸다.

"나 봤어. 나 봤어. 그런데 말 못 했어. 혼날까 봐."

그러자 아이들 모두 울음을 터뜨렸다. 헤이베이는 울지도 못한 채 알리마의 손을 잡고 있었다. 칸이 알리마를 안아 올렸다.

칸의 눈은 타오르는 듯했다.

그때 십여 명의 특공대원들이 밀어닥쳤다. 그들은 아이들 뒤를 따라왔지만 목적은 다른 데 있었다. 그중 한 사람이 전망대 아래를 내려다보았다. 신아마존의 숲에 인공 달빛이 은은히 내리비치고 있었다.

"휘유. 대단한데. 난 처음 보는 거야. 이런 곳을 없애버려야 하다니, 좀 아깝군."

칸은 알리마를 안은 채로 뒤돌아 달렸다. 그리고 창을 깨고 뛰어내렸다. 숲의 꼭대기 층이 매트리스 역할을 해서 완충 작용을 해주었다. 칸은 미끄러지며 덩굴을 잡고 펄쩍펄쩍 아래쪽으로 내려갔다.

바닥에 닿은 칸은 알리마를 안고 숲을 달렸다. 이미 숨이 끊어진 알리마지만 아마존의 검은 흙 속에 묻어주기라도 해야 했다. 그러나 이내 총을 든 자들이 따라 내려왔다.

"소독 시작!"

누군가의 외침과 함께 화염이 숲을 향해 발사되었다. 활활 타는 숲이 아마존을 환하게 밝혔다. 동시에 동물들이 울부짖는 소리가 울려 퍼졌다.

칸은 쿠게오에게 지금 일어나는 일을 전달했다. 쿠게오가 힘겹게 레인메이커 시스템의 방어망을 뚫었다. 레인메이커의 주기 프로그램이 진동하면서 미세하게 수정되었다.

레인메이커가 폭우를 뿌렸다. 불길이 잦아들었다.

당황한 특공대원들이 하늘을 올려다보았다.

"쳇, 난데없이 비야. 2차 소독 시작!"

특공대원들은 이제 키 큰 나무를 쓰러뜨리기 시작했다. 전기톱이 윙 돌아가면서 가차 없이 아름드리나무들을 넘어뜨렸다. 놀란 맥이 튀어나오자 열총을 쏘아 순식간에 통구이로 만들어버렸다. 나무는 쓰러지면서 주위의 다른 나무들도 함께 쓰러뜨렸다. 새들이 퍼드덕 날아오르며 울었다. 백 년이 넘도록 동물들은 인간을 잊고 살았는데, 이제 두 발 가진 낯선 그들이 나타나 숲을 마구잡이로 파괴하고 있었다.

갑자기 경계벽으로부터 거친 바람이 휘몰아쳤다. 숲이 미친 듯이 요동치기 시작했다. 특공대원들은 의아한 눈으로 사방을 둘러보았다. 그들의 눈에 두 팔을 벌리고 선 칸의 모습이 들어왔다. 머리카락까지 사방으로 꼿꼿하게 뻗은 모습은 기이한 두려움을 불러일으켰다.

한 대원이 천천히 총을 올려 총구를 칸에게 겨누었다. 그런데 총이 발사되지 않았다. 톱도 작동을 멈추었다. 그들이 술렁이기 시작했다. 의아함과 약간의 두려움을 가지고 총과 톱을 살피려고 몸을 구부리는 순간, 톱날이 돌아가면서 들고 있던 사람의 팔과 몸통을 한순간에 잘라버렸다. 끔찍한 비명이 울려 퍼졌다. 땅바닥에 떨어진 몸통에 붙은 머리는 솟구치는 피를 아연한 표정으로 바라보고 있었다. 총 역시 제멋대로 발사되었다. 어느 대원의 눈에 맞은 총알은 그대로 뒤통수를 관통했다. 퍽, 하는 소리가 났다. 이 끔찍하고 난데없는 광경을 목도한 나머지 대원들이 공포에 질려 전망대 쪽으로 달아나기 시작했다. 그리고 그들은 보았다. 허공에서 독수리와 따오기 같은 거친 새들이, 숲에서는 재규어와 오셀롯, 표범 같은 무서운 포식자들이 그들을 향해 달려드는 모습을. 문득 발밑이 움직이는 느낌에 아래를 본 대원들은 완전히 겁에 질렸다. 붉은 군대개미들이 바닥이 보이지 않을 정도로 새까맣게 몰려들어 어느새 그들의 발등을 덮으며 기어오르고 있었다. 그들은 비명을 지르며 부축하고 있던 부상당한 동료를 버려두고 강으로 뛰어

들었다. 부상을 입어 피를 흘리던 사람도 뒤늦게 뛰어들었다. 그러나 물속이라고 안전하지는 않았다. 그들의 몸뚱이는 달려드는 피라냐 떼에게 순식간에 먹혀버리고 앙상한 뼈만이 강바닥으로 서서히 가라앉았다.

바람이 잦아들었다. 그러나 여전히 칸의 머리카락은 중력을 무시하고 사방으로 뻗쳐 있었다. 칸은 알리마를 숲 가장자리에 묻었다. 그리고 전망대로 올라갔다. 헤이베이와 아이들이 서로 몸을 맞붙이고 추위를 견디고 있었다.

"돌아가자, 헤이베이."

칸이 말했다.

13

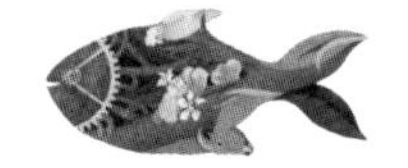

"갑자기 어딜 들른다는 거야?"

부건이 초조한 표정으로 물었다. 둘은 고속 승강기 로비에 서 있었다.

"우리 엄마가 계신 요양원에."

"하지만 이 밤에……."

"미안해. 갑자기 이런 얘기를 꺼내서. 거긴 아무도 신경 쓰지 않는 공립 요양원이라 칩도 있고 하니 조심하면 별일 없을 거야. 우리가 시안 안에 들어와 있을 거라고는 생각도 못 할 테니까. 부탁해. 언제 다시 볼 수 있을지 모르잖아."

미마는 지금 난민촌과 신아마존에서 벌어지고 있는 일에 대해서는 꿈에도 알지 못했다.

곰곰이 생각하던 부건은 고개를 끄덕였다.

"알았어."

둘은 고속 승강기를 타고 43층으로 가서 이동 튜브로 갈아탔다.

요양원은 크고 밝았으나 어딘지 모르게 묘지 같은 인상을 주는 곳이었다. 이미 소등 시간이 지나 거리는 어두웠지만 이 요양원은 24시간 불을 밝혔다. 시안에서 연장된 삶을 제대로 누리려면 값비싼 신체 보철물이나 의체, 호르몬제, 근육 강화제 따위를 정기적으로 구입할 능력이 있어야 한다. 이 요양원은 그런 능력이 안 되는 노인들이 여생을 보내기 위해 머무는 곳이었다.

경비원이 오가는 사람들의 신발만 멍하니 보고 있는 병원 입구로 들어서자 대형 로비가 나타났다. 로비에서 사람들은 개미 떼처럼 사방으로 흩어졌다. 미마의 엄마는 B동 325호에 있었다.

"나 혼자 다녀올게. 저기 휴게실이 있으니 컴퓨터라도 하고 있어."

미마가 말했다.

"알았어. 천천히 와."

부건이 고개를 끄덕였다. 이곳 분위기에 부건도 긴장을 풀었다.

피로해 보이는 의사 한 명이 컴퓨터 앞에 앉아 붉게 충혈된 눈으로 화면을 뚫어져라 보고 있었다. 그의 뒷모습을 보는 순간 문득 부건의 머리를 스치는 생각이 있었다. 병원 컴퓨터라면 의학 관련 정보 사이트는 모두 접속 가능할 것이다. 이곳에 근무하는 의사의 개인 자료실을 해킹할 수도 있을 것이다. 그런 곳엔 당사자도 모르는 희귀 자료나 공식적으로 파기된 자료가 아직 남아 있을지도 모르니까.

미마는 에스컬레이터를 타고 올라가 복도의 무빙워크에 옮겨 탔다. 긴 복도를 흰 옷을 입은 간호사 하나가 스르르 지나갔다.

'엄마…….'

미마는 무빙워크에서 내려 325호로 들어갔다. 다섯 개의 침대 뒤로 진짜처럼 선명한 정원 풍경이 보였다. 다른 사람들처럼 엄마도 잠들어 있었다. 머리맡에는 환자의 꿈을 가공하는 뇌파 링거가 파동의 변화에 따라 물결치고 있었다.

미마는 엄마 옆에 의자를 가져다 앉았다. 왜소한 체구의 간병인이 일하다가 미마를 흘깃 보았다. 병자의 몸에서 오물 주머니를 갈고 있었다. 냄새는 전혀 나지 않았지만 반투명한 주머니 속 배설물은 질감도 색깔도 선명하기만 했다.

언젠가부터 엄마는 미마가 와도 깨어 있는 시간이 거의 없었다. 어항 속 물고기처럼 바라보는 것만으로 만족해야 했다.

글썽해진 눈으로 엄마의 짧게 다듬어진 머리칼을 손으로 빗어주던 미마는 흠칫했다. 엄마의 왼쪽 뒷머리가 우묵하게 꺼져 있었다. 언젠가 면회 왔을 때 비슷한 증세를 보이는 사람을 본 적이 있었다. 뇌세포가 죽어서 그 부분을 잘라낸 거라고 엄마가 말해주었다. 아직 엄마가 반갑게 미마를 맞던 때의 이야기였다.

'이제, 엄마 차례가 되었구나. 엄마의 일부가 죽어버렸구나.'

각오했던 일인데도 막상 현실로 닥치니 눈앞이 캄캄해져왔다.

엄마에게 돈이 있다면 절제술 말고 다른 방법을 썼을 것이다. 아니, 그 전에 세포 손상 자체를 막았겠지. 미마는 다시 눈물이 났다.

바짝 마른 나뭇가지 같은 엄마의 손이 침대 밑으로 떨어져 있었다. 미마는 그 손을 제 두 손으로 감쌌다. 아직 따뜻

했다. 안심이 되었다. 엄마의 꿈이 뇌파 링거의 센서 위에서 보랏빛에서 주홍빛 계열로 바뀌었다. 자신이 손을 잡아 준 덕분이라고 믿고 싶었다.

'엄마, 엄마. 내 꿈 꾸고 있어?'

미마는 엄마 위에 가만히 엎드렸다.

나는 어쩌면 엄마의 작은 꿈이었을까. 우리, 늦둥이들은 어쩌면 너무 일찍 늙어버린 시안의 작은 꿈일까.

부건은 컴퓨터의 홀로그램 공간을 얼른 몸으로 막았다. 휴게실에는 자기 말고 아무도 없는데 조건반사처럼 나온 행동이었다. 부건이 하인츠의 또 다른 논문을 캐낸 곳은 한 전문의의 개인 자료실이었다. 발표 시기로 보았을 때 원시 곡물 연구가 중단된 뒤 맡은 다른 연구인 듯했다. 그런데 제목이 얼른 이해가 가지 않았다.

스페인독감 바이러스(H1N1)의 고유전자 발현 실험 및 결과

스페인독감을 검색해보았다. 20세기 초반 전 세계에서 오천만 명 가까운 사람들의 목숨을 앗아간 치명적인 인플루엔자 바이러스였다. 갑자기 눈앞의 안개가 걷히는 느낌이 들었다. 부건이 아닌 다른 사람이 이 논문을 봤다면 이

게 무슨 뜻인지 알지 못하고 넘어갔을 것이다. 하지만 오랫동안 하인츠와 아버지의 연구와 죽음 뒤에 도사린 바이오옥토퍼스의 비밀을 캐온 부건에게 그 논문은 차가운 어둠 속에서 빛나는 등불이었다.

누가 부건의 어깨를 툭 쳤다. 부건은 화들짝 놀라 돌아보았다. 미마였다.

"뭐해? 왜 그렇게 놀라?"

부건이 접속을 종료했다.

"미마, 알아냈어."

"뭘?"

"내가 뭘 아는지."

"거길 꼭 들어가야 돼?"

미마가 긴장한 목소리로 물었다.

"너답지 않게 왜 그래?"

미마와 부건은 바이오옥토퍼스 수석 연구원이자 부건 아버지의 절친한 후배였던 김 박사의 집으로 향하고 있었다.

"보리스 씨가 전에 한 말이 맞아. 심증만으론 안 돼. 결정적 물증이 필요해. 증거를 가져간다면 기자회견의 파급 효과는 어마어마할 거야."

"하지만 네가 한 이야기가 정말이라면 그런 위험한 증거를 바이오옥토퍼스에서 과연 남겨두었을까?"

"난 그럴 거라고 믿어. 이런 엄청난 일을 계획하고 실현시킨 놈들이라면 기념품을 간직하고 싶지 않았을까? 아마 연구원들이 쉽게 접할 수 있는 장소에 있을걸. 게다가 그것만으론 증거로 부족해. 내 것과 합쳐야만……."

부건이 미마의 손을 잡았다.

"어쩌면 시안의 미래가 우리가 지금부터 할 일에 달려 있을지도 몰라."

미마는 두려웠다. 시안의 미래라니 그토록 엄청난 일에 대해 내가 뭘 안단 말인가.

부건의 연락을 받은 김 박사는 자지 않고 둘을 기다리고 있었다. 김 박사의 집에서 부건은 그간의 일과 자신이 알아낸 비밀에 대해 털어놓았다. 김 박사의 얼굴은 충격과 분노로 하얗게 질렸다.

"그게 어디 있을까요?"

부건이 긴장한 목소리로 물었다.

"그게 존재한다면 기밀실의 미생물 저장고에 보관되어 있을 거다. 밤에는 보안 시스템이 이중으로 작동하지만 수석 연구원은 생체 인식만으로 통과되지."

김 박사가 부건의 손을 잡았다.

"한번 해보자."

이십 분 뒤 세 사람은 김 박사를 앞세워 생체 신원 인식 장치를 통과해 바이오옥토퍼스 본사 안으로 들어갔다. 세 사람은 한눈팔지 않고 기밀실로 직행했다. 기밀실 안에 미생물 저장고가 별도로 있었다.

"박사님은 밖에서 망을 봐주세요. 저희가 들어가서 찾을게요."

저장고 문을 열자 냉기가 뿜어져 나왔다. 미생물을 담은 용기들이 선반마다 가득 열을 지어 있었다. 부건과 미마는 용기의 이름표를 하나씩 확인해나갔다. 금세 추워졌지만 꾹 참았다.

"찾았어!"

부건이 흥분한 얼굴로 외쳤다. 미마와 부건은 그 작은 용기의 이름표를 몇 번이고 확인했다. 잠자는 숲 속의 공주처럼 이백 년 가까이 동면해온 인플루엔자 바이러스를.

그때 열어두었던 저장고의 문이 닫혔다. 깜짝 놀란 부건이 문을 밀었지만 꿈쩍도 하지 않았다. 문을 두드리며 김 박사를 불러보았지만 대답은 없었다.

"함정이야."

미마가 허탈하게 말했다.

"어쩐지 너무 쉽더라니……."

부건은 한참 문을 두드리고 소리를 지르더니 바닥에 털썩 주저앉았다. 둘은 서로 끌어안고 냉기에 맞섰지만 점점 정신이 흐려졌다.

두 아이가 쓰러진 후 얼마나 시간이 흘렀을까? 다시 문이 열렸다.

부건의 집에 침입했던 바로 그 특수요원이 저장고 안의 아이들을 끌어내 살펴보았다. 뒤로는 무기를 든 남자 둘이 더 서 있었다. 김 박사는 이미 사라지고 없었다.

"녀석들을 회장실로 데려가라."

"한 녀석은 이미 죽었는데요."

미마의 호흡과 심장박동을 살펴본 부하 중 하나가 말했다.

"허약한 계집애로군. 차오, 네가 알아서 처리해. 가자."

파국의 2막은 이제 시작되려 하고 있었다.

파에타 광장 부근 복합몰의 한 점원이 그 최초 목격자였다. 그는 평소보다 훨씬 늦게 퇴근하는 길이었다. 가게 문을 닫고 친구들과 밤새 진탕 마시고 놀았던 것이다. 멍한 머리를 가끔 손바닥으로 두드리며 스산한 파에타 광장을 허청허청 가로지르던 점원은 눈을 비볐다. 메이징타운으로 연결되는 지하도 입구의 바닥이 울렁거리는 것처럼 보였기 때문이다.

'너무 많이 마셨나.'

그러나 몇 걸음 다가가자 자기가 헛것을 본 게 아님을 알 수 있었다. 죽임을 당한 거인의 목에서 흘러나오는 핏물처럼 삽시간에 광장을 덮기 시작한 그것이 하나의 물체가 아니고 엄청나게 큰 무리를 이룬 작은 짐승들이란 걸 알자 그는 찢어지게 비명을 질렀다. 그리고 뒤돌아서서 달아나기 시작했다.

그렇다. 그건 곰쥐 떼였다. 아마존에 출몰하던 당시보다 몇 배나 수가 늘고 굶주림에 포악해진 곰쥐 떼였다. 닥치는 대로 광장의 기물과 복합몰을 파손한 곰쥐 떼는 곧 층과 층을 연결하는 비상 통로도 장악했다. 시안의 전 층에서 경보가 울렸다. 텅 빈 거리 곳곳에서 홀로그램 뉴스들이 혼자 떠들어대고 있었다.

"비상사태입니다. 시안에 괴생물체가 출현했습니다. 그 생물체의 특징은…… 피해 상황은……. 모두 절대 밖으로 나오지 마시고…… 시안 당국은 괴생물체의 완전한 척결을 위해 최선을 다할 것이며……."

그러나 집 안에 머문다 해서 안전할 수는 없었다. 난민촌으로 돌아간 칸이 쿠게오의 힘을 빌려 공격을 시작한 것이다.

긴 밤이 끝나고 시안에 아침이 찾아오기 직전이었다.

다흡은 악몽에 시달리다가 눈을 떴다. 표준시 07시. 작은 창으로 아침의 햇빛이 스며들 시간이었다. 가슴이 불안하게 두근거렸다. 이상했다. 평소보다 어둡고…… 추웠다. 시안에서는, 있을 수 없는 일이었다. 무언가 잘못되었다.

다흡은 기숙사 창으로 거리를 내다보았다. 바깥도 실내 못지않게 어두침침했다. 중앙 시스템에 무언가 이상이 생긴 걸까. 그런 일은 구세계 사람들에게 어느 날 갑자기 태양이 뜨지 않는 것만큼이나 상상도 할 수 없는 일이었다. 다흡은 복도로 나갔다. 다른 아이들도 잔뜩 겁먹은 표정으로 삼삼오오 나타났다.

시간이 지나도 출퇴근하는 관리 선생님이 나타나지 않았고, 배고픈 아이들은 식당으로 모여들었지만 식당의 자동 조리 시스템 역시 작동하지 않았다. 아이들은 다닥다닥 붙어 앉아 체온을 나누며 불안한 표정으로 홀로그램 뉴스를 보았다. 홀로그램조차 지직거렸다.

"전대미문의 사태입니다……. 중앙 시스템의 인식 오류…… 원인을 파악하는 대로 신속하게 조치…… 괴생물체의 난동으로…… 바깥출입을 삼가시고, 이럴 때일수록 침착함을 잃지 말고 당국의 지시에 따라……."

"중앙 시스템이 고장 났다고? 어떻게 그런 일이 있을 수 있지?"

아이들이 일제히 웅성거렸다. 한 번도 시안이 안전하다는 걸 의심해본 적 없는 아이들의 마음속 깊숙이 공포감이 피어올랐다.

만약 시안이 잘못되면, 그럼 우린 어디로 가지?

다흡은 싱커 통신에 접속했다. 시안의 모든 층으로부터 싱커들의 생생한 보고가 속속 올라오고 있었다. 시스템 마비와 괴생물체라는 전무후무한 재앙이 시안을 뒤덮고 있었다. 시안의 시민들은 시안이 지하에 박힌 거대한 인공 구조물일 뿐이라는 사실을 처음으로 가슴 깊이 깨닫고 있었다.

"추워."

어린아이들이 칭얼댔다. 아이들은 모두 각자의 방에서 옷가지와 이불을 챙겨 왔다. 옷을 있는 대로 껴입고 서로 꼭 붙어 앉아 이불을 덮어쓰고 체온을 나누었다. 중앙난방 외에 별도의 난방 장치가 없기 때문에 다른 수가 없었다.

"배고파."

아침 식사 시간이 지난 지 오래였다. 추위와 배고픔 때문에 아이들은 점점 말이 없어졌다.

"나가 보자."

누군가 말했다.

"바깥에 나가지 말라고 그랬잖아. 그냥 여기 있는 게 더 안전하지 않을까?"

"하지만 언제까지? 아무도 우릴 찾으러 오지 않으면 어쩔래?"

그때 갑자기 지진이라도 난 것처럼 바닥이 흔들리는 느낌이 들었다. 아이들은 비명을 지르며 문밖으로 몰려 나갔지만 이내 다시 비명을 지르며 되돌아 들어왔다.

거리 끝에서 곰쥐 떼가 몰려오고 있었던 것이다. 바닥은 흔들리고 거리엔 곰쥐 떼가 득실대는 이 진퇴양난의 위기에서 아이들은 무엇을 해야 할지 몰랐다.

14

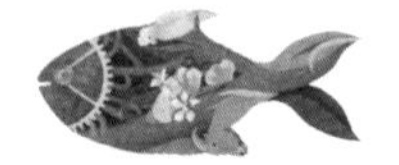

부건은 커다란 소파 위에서 깨어났다. 으리으리한 대리석 탁자 맞은편에 검은 옷을 입은 남자 둘이 서 있다가 한 명이 나갔다. 곧 방으로 들어선 사람은 바로 파에타 명예회장이었다. 부건은 이를 악물고 몸을 일으켰다.

회장이 탁자 맞은편 소파에 앉았다. 대체 몇 살이나 되었을까? 처음 들어설 때는 젊어 보였는데 가까이서 보니 무두질한 가죽에 광을 낸 것 같은 분홍빛 피부에 뱀처럼 가는 눈이 살아 있는 미라처럼 보였다. 눈 하나 깜짝 않고 잔인한 일을 해치울 사람이라는 걸 알 수 있었다.

"미마는 어딨죠?"

아무도 대답하지 않았다. 부건은 눈을 질끈 감았다. 미안하다, 미마. 이렇게 끝이구나. 조금 있다 만나자. 그러자 차라리 마음이 편해졌다.

"살인자……!"

부건이 회장을 노려보며 말했다.

"뭐든 처음이 어려운 법이지."

회장이 담배를 피워 물었다. 오로지 회장을 위해서만 제작되는 구세계 방식의 독한 담배였다.

"그간 너희들의 활약은 흥미롭게 지켜보았다. 하지만 즐거운 놀이도 마무리 지어야 하는 때가 있는 법이지. 마지막으로 하고 싶은 말이라도 있나?"

부건은 주먹을 꽉 쥐었다.

"회장님이 말씀해주시죠. 당신이 하인츠를 시켜 탄생시킨 그 '괴물 바이러스'에 대해서요. 전 이제 곧 죽을 몸이니 아량을 좀 베푸셔도 되지 않을까요."

회장이 새 담배를 피워 물었다.

"배짱이 마음에 드는구나. 난 하인츠를 좋아했지. 네 아버지도 좋아했고. 하지만 두 사람은 결정적으로 이해 가지 않는 구석이 있었지. 간혹 그런 사람들이 있어. 세상이 이

익을 좇아 돌아간다는 사실을 외면하는 사람들 말이다. 나는 마음에 들지 않는 현실이라 해도 필요하다면 받아들인다. 하인츠를 처리하는 것도 그런 일이었지."

회장이 앞에 놓인 잔을 들어 입술을 적셨다.

"너무 오래전 일이야. 기억을 더듬으니 새롭군. 꼬마, 너는 똑똑하니 구세계에서 콜럼버스가 아메리카를 발견한 이후 원주민 인구가 90%나 감소한 걸 알 테지. 그게 무엇 때문이라고 생각하느냐? 바로 질병이지. 구대륙에서 온 균과 바이러스에 면역이 되지 않았기 때문이야. 바이오옥토퍼스는 백신과 항바이러스 약품에서 줄곧 선두를 지켜왔지만 영토전쟁으로 시장이 반으로 줄고 말았다. 적국에서는 우리 회사의 약품을 수입하지 않았지. 다시 시장을 되찾아야 했어. 치명적인 전염병이 세계를 공평하게 휩쓸기만 한다면!"

부건은 혐오감을 억누르며 탐욕으로 번들거리는 파에타 회장의 눈을 마주 보려 애썼다.

"그때 하인츠가 그 논문을 들고 왔다. 고유전자가 발현된 스페인독감 바이러스라! 그는 바이러스가 인간에 적응하는 게 아니라 인간이 바이러스에 적응하는 거라면서 생태계 파괴나 온난화로 열대우림이나 빙하에 묻혀 있는 원시 바이러스들이 다시 면역이 없는 인간을 공격할 가능성에 대비해야 한다고 했지. 나는 그에게 백신을 연구하게 했다. 마침내 백신이 탄생했을 때 수인성 바이러스인 것처럼 위장 유포시키도록 지시했지. 덕분에 애꿎은 가축들이 수없이 살처분되었지만, 바이러스는 내 뜻대로 순식간에 전 세계에 퍼져나갔다. 그리고 그 바이러스에 우리 회사의 신약만이 듣는다는 사실이 알려지자 우리 약을 찾는 손길엔 아군과 적군의 구분이 없어졌지. 하인츠가 그 사실을 알고 허튼짓을 하려고 들지만 않았어도 출세가 보장되었을 텐데……. 어리석은 사람이었지. 내가 한 결정에 선택의 여지가 없다는 것, 회사의 이익이 개인의 안위보다 중요하다는 걸 왜 이해하지 못했는지?"

"하지만 수많은 사람들이 죽었잖아요!"

회장이 움찔하더니 이내 새 담배를 피워 물었다.

"그건 일이 계획대로 흘러가지 않았기 때문이다. 내 뜻은 아니었지만, 세상일이란 가끔 그런 식이더군. 그 바이러스는 본래 우리 약만 처방하면 일정 기간 앓는 것으로 끝나는 병이었다. 그런데 어느 순간 바이러스는 제 스스로 변이를 계속하는 미치광이가 됐다. 우리 회사의 신약은 그 바이러스 자체에는 들었지만 변이 바이러스가 불러일으키는 치명적인 합병증엔 속수무책이었지……. 순식간에 전 세계가 곪고 썩어가는 무덤으로 변해갔다. 나는 결단을 내릴 수밖에 없었다. 시안 봉쇄를 결정했을 때 차라리 마음이 편안해지더군. 시안을 순결한 처녀처럼 보호할 수 있게 되었으니까. 지난 백여 년간 바이오옥토퍼스가 이룬 업적을 봐라. 오래 살고 싶다는 인류의 영원한 꿈을 실현시키지 않았느냐."

"시안을 보호하다니 무엇으로부터요? 당신의 추악한 비밀로부터요?"

부건이 쏘아붙였다.

"지상에 기온 변화가 있는 것도 알고 있었죠? 그렇죠? 시안 사람들이 알게 되는 걸 원치 않은 거죠? 당신에게 시안은 거짓과 기만으로 쌓아 올린 장난감 도시였으니까요!"

"……피곤하군."

회장이 담배를 비벼 껐다. 방은 독하고 황폐한 담배 연기로 가득했다. 뒤에 섰던 두 사람이 탁자를 돌아왔다. 부건은 눈물을 글썽거리며 그들이 다가오는 것을 꼼짝 않고 바라보았다.

"울 것 없다. 고통스럽지 않으니까."

부건은 눈을 꼭 감고 부들부들 떨었다.

그때였다. 지진이라도 난 듯 갑자기 바닥이 흔들리기 시작했다.

"무, 무슨 일이지?"

회장이 당황한 목소리로 물었다. 또 다른 부하가 뛰어 들어왔다.

"회장님, 피하십시오. 시안 전체에 대피 명령이 떨어졌습니다."

"대체 무슨 일이냐?"

"잘 모르겠습니다. 스마트 시스템에 이상이 생긴 것 같습니다. 내벽의 안정성이 갑작스럽게 낮아졌습니다."

"그럴 수가."

완벽하게 관리되는 도시 시안을 자랑으로 여기던 회장으로서는 도무지 믿기지 않는 일이었다.

"전용 승강기로 빨리 올라가셔야 합니다. 서두르십시오."

"알았다. 어서 가자."

"이 꼬마는 어떻게 할까요?"

부하 하나가 물었다. 회장은 뒤도 돌아보지 않은 채 대꾸했다.

"내버려 둬. 그냥 둬도 곧 죽을 목숨이니."

그들은 부건을 내버려 둔 채 허위허위 방을 빠져나갔다.

이제 부건은 홀로 남았으나 살았다고 기뻐할 처지가 아니었다. 발밑의 진동이 더욱 심해졌던 것이다. 부건도 방을 일단 빠져나왔다. 하지만 대체 어디가 나가는 곳인지 알 수가 없었다. 부건은 무작정 아래로 내려갔다. 두려운 마음에 절로 눈물이 났다. 그렇게 정신없이 걸어가는데 어디선가 사람 소리가 났다. 잘 들어보니 문을 두드리며 열어달라고 하는 미마의 목소리였다. 부건은 너무 반가운 마음에 문을 열려고 했지만 꿈쩍하지 않았다. 복도에 있던 청소 로봇을 들어 문을 부수려고도 해봤지만 어림도 없었다. 생체 인식으로만 작동하는 문이었다. 부건은 문에 매달려 울었다. 그런데 다시 한번 큰 진동이 오는가 싶더니 기적처럼 문이 스르르 열리는 것이었다. 부건은 그 바람에 넘어졌다. 바로 눈앞에 미마가 있었다.

"야, 너 얼굴 진짜 웃기다. 눈물 콧물 줄줄 흘리고."

미마가 핼쑥한 얼굴에 미소를 띠며 말했다. 부건은 미마를 끌어안았다.

"야, 지금 그런 말이 나오니. 죽은 줄 알았잖아."

"죽긴 왜 죽어. 너도 안 죽었는데. 난 네가 말한 대사 동결인가 그 상태였을 뿐이라고. 그 사람이 나중에 와서 처리

한다고 날 여기 던져놓고 가버리지 뭐야. 난 그때 이미 조금씩 의식이 돌아오고 있었지만 그냥 죽은 척했지 뭐. 그런데 문도 안 열리고 바닥은 흔들리고 그냥 그때 죽는 게 나았으려나 생각하던 참에 네가 온 거야. 그런데 문은 어떻게 열었어?"

"몰라. 내가 한 게 아니야. 얼핏 듣기론 지금 시안의 제어 시스템이 모두 엉망인가 봐."

"어쨌든 여기서 나가자."

문을 나선 그들을 맞은 것은 거리를 가득 메운 곰쥐 떼와 화염총 따위로 놈들과 맞서는 수호대 대원들과 로봇들, 그리고 비명을 지르며 거리로 뛰쳐나와 떼로 몰려다니는 사람들, 그리고 입김이 나올 정도의 냉기였다.

"이게 다 웬 난리람?"

부건이 넋이 나간 표정으로 말했다.

"칸이야."

미마가 중얼거렸다.

"칸이 전쟁을 선포한 거야."

전용 승강기에는 파에타 회장 말고도 현 시장과 고위 공무원들이 함께 탑승했다. 전용 승강기는 일반 고속 승강기보다 빠르지만 현재 동력 가동 시스템이 불안정한 것을 고려하여 최고 속도로 운행하지 않았다. 시안의 모든 시스템이 불안정한 상태였다. 그들은 승강기가 올라가는 동안 여러 사안에 대해 의논했다. 시안의 파괴 상태와 재건에 대한 이야기가 주를 이루었다. 시안의 구조체가 심각한 위기에 있긴 하지만 워낙 중심 구조부는 견고하기 때문에 총체적인 붕괴는 없을 것으로 판단했다. 시안의 최하부를 이루는 이십여 층이 가장 피해가 컸고, 그 위로 가면 부분적인 붕괴로 인한 손실과 인명 피해가 대부분이었다. 그 정도는 그들에게 심각한 걱정거리가 아니었다.

"지상 대피 시설은 이미 점검을 마쳤습니다. 모든 시스템이 안정적으로 가동되고 있습니다."

"그 괴생물체들에 대한 조사도 착수해야 합니다."

"발원지라고 해봐야 한 군데밖에 더 있습니까? 조사고 뭐고 할 것 없이 신아마존을 없애버리는 게 가장 좋습니다."

파에타는 문득 기분이 언짢아졌다. 지난밤에 난민촌과 신아마존에 특별공격대를 보내지 않았던가. 그에 대한 보고를 받지 못한 것이 비로소 떠올랐다.

쿠궁! 느린 속도로 올라가던 승강기가 갑자기 멈추었다. 안에 탄 사람들은 무슨 영문인가 싶어 위를 올려다보았다.

"무슨 일인가?"

파에타가 눈살을 찌푸리며 물었다.

"자, 잘 모르겠습니다. 중앙 관제센터에 문의해보겠습니다."

시장 보좌관이 진땀을 흘리며 대답했다. 그는 승강기 벽의 터치 패드를 눌렀다.

"중앙 관제센터, 중앙 관제센터 나와라."

그러나 지직거리며 흘러나오는 소리는 아직 앳된 소년의 목소리였다.

"파에타…… 파에타!"

파에타는 순간 소름이 끼쳤지만 애써 침착하게 대답했다.

"넌 누구냐?"

"당신이 보낸 자들은 모두 죽었다. 신아마존과 난민촌 사람들은 당신에게 아무 해도 끼치지 않았는데 당신은 왜 파괴와 살육을 명령했나?"

소년의 목소리에 배경음처럼 새 울음소리와 원숭이 소리가 들려왔다.

"넌 누구냐?"

파에타가 떨리는 음성으로 물었다.

"네가 살해한 모든 것들의 망령이다. 망령의 아이다. 사라져야 할 것은 우리가 아니라 너희들의 세계다."

소년의 마지막 말은 마치 랙이 걸린 것처럼 끝없이 반복되었다. 멈추었던 승강기가 급속히 추락하더니 결국 바닥에 부딪혀 박살 나는 그 순간까지.

추락하는 파에타의 눈앞으로 지난 백 년간 그의 숙면을 방해해온 구세계의 유령들이 웃으며 스쳐 갔다.

기숙사의 아이들은 너무 추운 나머지 구세계 영화에서 본 것처럼 불이라도 피워보려 했지만 불쏘시갯감조차 구할 수 없었다.

"여기가 아마존이라면, 불을 피울 수 있을 텐데."

누군가 중얼거렸다.

'하지만 여긴 시안이야.'

다흡은 생각했다. 풍요의 도시 시안에서 배고픔과 추위에 시달릴 줄이야. 다흡은 머리를 들어 천장을 물끄러미 바라보았다. 지상의 세계. 이제 시안도 저 위쪽의 세계와 다를 바 없어질지도 모른다. 그렇다면 우린 살아남을 수 있을까. 부건의 말이 떠올랐다. 앞선 빙기에 살았다던 선사 인류는 그 차갑고 혹독한 세계에서 어떻게 살아남았을까. 우린…… 살아남지 못할 것이다.

아이들은 바닥 진동을 겪은 후로 모두 현관 복도에 모여 있었다. 그렇다고 나갈 수 있는 것은 아니었지만 그나마 문 가까이 있는 게 마음의 위안이 되었다.

그때 문이 덜커덕거렸다. 순식간에 숨 막히는 정적이 아이들을 사로잡았다. 아이들은 겁에 질려 눈만 뒤룩거릴 뿐이었다.

"얘들아, 문 열어! 우리야! 우리. 미마와 부건이라고!"

다흡은 정신이 번쩍 들었다. 미마와 부건이라고? 그 애들이 지금 여기 있을 리가. 하지만 분명 목소리는 그리운 친구들의 것이었다. 다흡은 급히 문으로 달려갔다.

"정, 정말 너희들이니?"

"다흡아! 무사했구나! 어서 문 열어줘. 곧 또 놈들이 몰려올 거야."

다흡은 다른 아이들과 함께 바리케이드 삼아 막아뒀던 식탁을 밀어내고 문을 열었다. 무기를 멘 미마와 부건이 문이 열리자마자 튀어 들어왔다.

셋은 얼싸안았다. 다흡은 기쁨과 안도의 눈물을 흘렸다. 힘없는 아이이긴 매한가지였지만 그래도 친구들을 만나니 든든한 원군을 얻은 것만 같았다.

미마와 부건은 열선총과 전자총을 메고 든 모습이 무슨

전사들 같았다.

“무기는 어디서 났어?”

“거리에 버려진 걸 주웠어. 자, 이거 받아.”

미마는 허리춤에 매달고 온 불에 그을린 곰쥐 몇 마리를 건넸다. 다흡은 기겁을 하며 손을 뒤로 뺐다.

“왜 그래. 배고프지 않아? 보기보다 맛있어. 구세계에서 초원에 살던 사람들은 이런 짐승이 주식이었다고.”

다흡은 미심쩍은 눈으로 고기를 바라보았다.

“속까지 잘 익었어. 나눠 먹어.”

배고픔에 지친 아이들이 고기 냄새를 맡고 몰려들었다. 미마는 식당에서 가져온 접시와 칼로 서툴게 살을 발라서 아이들 숫자만큼 공평하게 나누었다. 아이들은 달려들어 게걸스럽게 먹기 시작했다.

미마와 다흡과 부건은 그동안 서로에게 있었던 일들을 이야기했다.

“그럼 지금 벌어지는 일들이 칸 때문이라는 거야?”

“음. 칸과 쿠게오가 함께 벌이는 일일 거야. 쿠게오가 시스템을 뚫고 칸이 마비시키는 거지. 웃긴 건 지금 중앙 시스템은 현재 상태를 오류로 인식하지 못하는 것 같다는 거야. 그러니 후속 조치들이 이뤄지지 않는 거고.”

다흡이 반신반의하는 표정으로 고개를 끄덕였다.

"내가 칸은 위험하다고 했잖아."

부건이 복잡한 표정으로 중얼거렸다.

"역진화 발생이란 게 모든 사람에게 그런 능력을 주는 거야?"

다흡이 조심스럽게 물었다.

"그렇진 않을 거야."

부건이 대답했다.

"진화 과정에서 사라졌던 특징에는 여러 가지가 있을 텐데, 그중엔 보편적인 것도 있겠고, 특별한 종이나 개인에게 고유하게 유전된 특징도 있을 거야. 이를테면 보통 사람에겐 없는 초인적인 능력을 가진 사람들도 간혹 있잖아."

"칸은 정말…… 특별한 존재인 거구나."

다흡이 중얼거리자 부건이 말없이 고개를 끄덕였다.

"전엔 쯔칭 같은 애들이 신인류이고 우린 그 애 말마따나 쓸모없는 존재라고 생각했어. 하지만 그래봤자 쯔칭도 우리도 시안 밖으로는 한 발짝도 나설 수 없는 존재라는 점에선 다를 게 없어."

아이들은 모두 입을 다문 채 시안에 최적화되어버린 삶에 대해 생각했다. 시안이 위태로워지자 '최적화'는 곧 '연약함'과 '무방비'의 다른 이름이 되었다. 이제 어떻게 해야 하나?

"그래. 칸이 최고의 싱커일지는 몰라도 우리도 싱커잖아."

미마가 벌떡 일어섰다.

"우선 칸을 찾자. 우리 싱커들이. 칸과 얘기를 해봐야 해."

시안의 모든 층의 싱커들이 신아마존에 들어와 있었다. 불탄 숲과 쓰러진 나무들 같은 지난밤의 흔적들은 싱커들에게 큰 충격을 주었지만, 마음을 추슬렀다.

— 만약 우리가 여기 들어와 있는데 시안에 남겨둔 우리 몸이 죽는다면 우린 꿈꾸다 죽는 것처럼 죽을 수 있겠지?

누군가 슬프게 중얼거렸다.

— 얘들아, 우린 지금 마음을 모아야 돼. 잡념을 버리고 집중하자.

아이들은 모두 마음과 에너지를 모아 숲 안에서 일체감을 느끼려 애썼다. 그러자 예전에 한 번 느꼈던 현상 — 싱커 상태에 전파 장애가 다시 일어났다. 주위 세계와 동료들이 눈앞에서 지직거리며 흔들렸다. 이미 한 번 겪은 일이고 마음을 굳게 먹은 터라 지난번보다 충격이 덜했지만, 그래도 견디기가 쉽지 않았다. 아이들은 정신을 바짝 차리고 버텼다. 달아나지 않고 눈앞의 세계를 더욱 단단히 붙들었다. 그렇게 얼마의 시간이 흐르자 아마존은 다시 안정되었다.

싱커들은 곳곳에서 칸을 불렀다. 파장이 북소리처럼 둥둥 퍼져나갔다. 하지만 어디에도 칸은 없었다.

— 칸! 어서 대답해. 시안을…… 시안을 더 이상 파괴하지 말아줘. 우리에게 시안을 변화시킬 시간을 줘. 부탁이야. 선량한 사람들이 죽고 다치고 있어.

미마는 애타게 칸을 불렀다.

그러자 문득 칸이 느껴졌다.

— 너희들이 여길 오다니.

— 칸! 어디 있어?

미마는 왈칵 반가움을 느꼈다.

— 거기 없어.

— 여기 없다고?

미마는 가슴이 서늘해졌다.

— 미마, 나와 함께 떠나자. 누구라도 함께 가겠다면 환영이야.

— 하지만 시안은…….

— 시안은 무덤과 같아. 시안은 무의미해.

— 그래도 시안은 나의, 우리의 고향이야. 내가 나고 자란 곳이야. 너에게 아마존이 그런 것처럼. 너도 아마존이 파괴되는 걸 보고 싶지 않잖아. 나도 마찬가지야.

— …….

— 부탁이야. 우리에겐 시간이 필요해. 시안을 변화시킬 시간을 줘. 그런 다음에야 새로운 꿈을 꿀 수 있을 것 같아.

— 시안을, 어떻게 변화시키겠다는 거야?

미마는 말문이 막혔다. 거기까지는 생각해보지 않았다. 과연 시안이 변할 수 있긴 할까? 우리 힘으로 시안을 변화시킨다는 게 가능할까?

— 모르겠어……. 하지만 해볼 거야. 넌, 넌 어때? 넌 자신 있어? 그 차가운 세상에서 무언가를 일구어낼, 아니 살아남기나 할 자신이 있냐고.

— 난 너희와는 다르지. 내겐 선택의 여지가 없으니까. 이제부터 내가 싸우고 적응해나가야 할 세상이 바로 내 삶이니까.

미마는 가슴이 짠했다. 차디찬 눈밭에 가죽옷을 걸치고 나아가는 선사시대의 조상이 눈앞에 떠올랐다. 그들도 살아남았고 싸워 이겼지 않은가.

—칸, 절벽에서 본 파란 하늘을 잊을 수가 없어. 그걸 보기 전과 보고 난 후의 내 삶은 더 이상 똑같을 수 없어졌어. 몰랐다면 모르는 대로 살 수 있었겠지만 이제는 달라. 시안에서 우리가 할 수 있는 일을 하고 나면, 나도, 아니 우리도 너와 함께할 거야. 그러니 기다려줘. 알겠지?

—……알겠어. 시안의 시스템은 곧 정상화될 거야. 곰쥐 떼는 아마존에서 나가기 전에 나노 머신이 섞인 비를 맞았어. 그러니 싱크가 가능해.

잠시 침묵이 흐른 후에 칸이 다시 말했다.

—새의 절벽으로 와. 모든 일이 마무리되면……. 쿠게오와 나는 오랫동안 지상의 삶을 위해 준비해왔어. 시안 사람들이 마련해둔 비상 대피 시설도 이용할 수 있어. 그렇게 시작하는 거지. 너희들이 모르는 게 있어. 어머닌 지상에 시안 말고도 사람들의 공동체가 더 있다고 했어. 그곳은 시안과 다른 점이 많다고도 하셨어. 그곳을 찾을 거야. 상상해봐. 멋질 거야.

기온은 서서히 안정되었다. 하지만 곰쥐 떼는 만만치 않았다. 시안의 모든 층에서 싱커들과 곰쥐들의 내적 투쟁이 전개되었다. 치열하고 어려운 싸움이었다. 일단 공감할 요소가 거의 없는 탓에 동조가 쉽지 않은 데다, 수적으로도 아이들이 열세였다. 싱커들은 일부에 먼저 싱크해서 나머지 무리들을 움직이게 해야 했다.

싱커들은 우선 곰쥐들의 흥분에 공감했다. 곰쥐들이 느끼는 해방감에 오히려 싱커들이 휩쓸리는 순간도 있었다. 정신력과 본능의 대결이었다. 정신을 똑바로 차려야 했다.

서서히 동조가 이루어지면서 싱커들은 곰쥐들의 흥분한 뇌파를 안정시키려 애썼다. 차츰 곰쥐들의 공격성이 줄어들었고 외양도 눈에 띄게 순해지는 것 같았다. 그런 과정이 며칠에 걸쳐 이루어지는 동안 싱커들은 모두 정신적으로 녹초가 되었다. 그에 비례해서 시안은 차츰 안정을 찾아갔다. 이제 곰쥐들은 주도적인 동료에게 이끌리는 원래의 본성에 따라 순화되어갔다.

아이들은 조심스럽게 직접 거리로 나서기 시작했다. 싱크로 연결되었던 곰쥐 떼는 아이들의 실체를 보고서도 거부반응을 보이지 않았다.

거리마다 구불구불 흐르는 강물처럼 상층부로 향하는 곰쥐 떼와 그 물결을 이끄는 아이들의 행진을 볼 수 있었다. 시민들은 그런 모습을 경이롭게 바라보았다. 쓸모없는 존재로만 여겼던 늦둥이들이 시민들의 눈앞에서 기적을 선보이고 있는 것이다.

시안을 파멸시키는 데 일조할 뻔했던 낯선 생명체들은 그렇게 싱커들에 이끌려 시안을 떠나갔다.

아이들은 새의 절벽에 모여 있었다.

새파란 천공은 변함없이 아이들의 머리 위에 자리하고 있었고, 곰쥐 떼는 이미 그 천공을 향해 기어오르고 있었다.

— 저게…… 하늘이야?

— 정말 파랗다…….

— 아름다워!

미마와 부건은 칸의 계획에 대해 아이들에게 간략하게 설명해주었다. 지상의 시설물과 그 시설물에 마련된 비상식량, 방한복들, 뜻을 같이하는 사람들, 그리고 지상에 새로운 생태계를 제공할 동물들과 식물들…….

흥분과 두려움이 아이들을 감쌌다. 지상으로 이끌리는 강렬한 열망이 곰쥐 떼로부터 아이들에게로 고스란히 전이되었다. 하지만 두려웠다. 난생처음 낯설고 차가운 바깥 세상으로 나가는 것이.

몇몇 아이들은 아직 곰쥐와 싱크를 끊지 않았다. 미마도 마찬가지였다. 그래서 곰쥐들이 암벽을 기어올라 마침내 지상에 첫발을 내디뎠을 때의 그 감각을 고스란히 공유할 수 있었다.

흰 눈이 작은 네 개의 발에 와 닿았다. 곰쥐가 소스라치는 감각을 미마도 똑같이 느꼈다. 공기는 시안의 시스템이 마비되었을 때보다 훨씬 차가웠다. 반려수의 근육과 신경이 있는 대로 움츠러들었다. 미마의 마음도 위축되었다. 그런데 머리 위쪽에서 열기가 느껴졌다. 반려수가 시선을 들어 위를 보았다.

노랗게 반짝이는 둥근 것!

태양이 빛나고 있었다. 희디흰 세계 위에서. 차가움은 아랑곳없다는 듯이.

그 빛을 쬐는 동안 미마는 무언가가 변화하는 기운을 느꼈다. 애벌레가 고치를 뚫고 나와 나비가 될 때 이런 기분일까? 아픔과 해방감이 뒤섞이며 그동안 몸과 마음을 짓눌러온 무언가가 떨어져 나가는 기분이 들었다. 그것들을 대신해, 어떤 용기가 마음 깊숙한 곳에서 돋아났다. 마치 날개처럼.

— 얘들아, 가보자.

미마가 아이들을 돌아보며 말했다. 미마와 같은 경험을 한 아이들이 힘껏 고개를 끄덕였다.

도전을 기다리는 세계가, 거기 있었다. 싱커들의 새로운 모험이 시작되었다.

| 초판 작가의 말 |

4월의 컵에 똑똑 떨어지는 시간의 물방울이 3분의 2를 채우도록 정작 봄은 올 줄을 모르고 날씨는 싸늘하기만 했습니다. '소빙하기'(Little Ice Age)란 낱말이 인터넷 검색창에 올라왔습니다. 정말 지구가 변심한 애인처럼 싸늘하게 식어가는 걸까 불안해지려는데, 슬그머니 봄이 왔습니다. 데운 듯 따뜻한 대기 속을 거니니 마음이 사르르 풀리면서 봄꽃들이 눈과 마음을 채웁니다.

우리가 SF를 읽는 이유는, 상상의 현실을 통해 지금 우리가 속한 현실이 얼마나 특별한지, 연약한지, 그리고 소중

한지 깨닫게 해주기 때문인 것 같습니다.

이 작품은 두 가지 착상에서 비롯되었습니다.

하나는 사람들이 지표면이 아니라 지하에서 산다면—과학 기술은 발전해 있지만, 파란 하늘도, 태양도, 자연도 보지 못한 채 살아가는 세상은 어떤 모습일까 하는 상상이었습니다.

또 하나는 완전히 부푼 풍선처럼 더 이상 도전할 것도 희망도 남아 있지 않은 세상에서 청소년들의 삶은 어떤 모습일까 하는 상상이었습니다.

어쩌면…… 그 공상이 그리 멀지 않은 현실로 저만치 다가와 있는지도 모릅니다. 이십 년 전만 해도 아이들이 하루에 단 삼십 분도 바깥에서 놀지 못한 채 차가운 시멘트 건물 사이를 노란 차에 실려 오가게 되리라고는 상상도 못 했으니까요. 어쩌면, 단 몇십 년도 지나기 전에 지금은 꿈도 꾸지 못할 현실에서 아무렇지 않게 살아가게 될지도 모르는 일인 것입니다.

시간 속에서 우리 자신도, 세계도 변해갑니다. 변하는 것에 너무 익숙해진 나머지 느끼지 못하는 게 무서울 따름이죠. 우리가 좀 더 넓은 시야와 풍부한 상상력을 가져야 하는 이유는 변화 속에서 바람직한 것과 나쁜 것, 불가피한 것과 막아야 할 것을 분별하는 눈과, 도전하고 싸우며 희망을 품는 힘을 키우기 위해서라고 생각합니다.

뒷심이 부족한 탓에 꿈꾸었던 것에 비해 많이 부족한 결과물이 나왔습니다. 그래서 부끄럽고 한편으론 모른 척 물러나 있고 싶기도 합니다. 하지만 "첫술에 배부르랴."라는 옛말로 위안을 삼아봅니다.

제 책을 읽어주실 독자 여러분, 고맙습니다. 사랑합니다.

2010년 5월

배미주

| 개정판 작가의 말 |

『싱커』를 쓸 때 나는 이제 막 단편동화집이 한 권 나온 늦깎이 신인 작가였다. 그 동화집에 우연히 SF적 세계관을 가진 단편이 두어 편 들어갔는데 그걸 쓰면서 단편이고 뭐고 현실과 다른 세계를 온전히 창조해내는 일은 무척 어렵다는 사실을 깨달았다. 힘들게 만든 세계로 단편 하나 쓰고 만다는 게 아까웠다. 그게 『싱커』를 쓰게 된 동기다.

나는 이름을 새로 만드는 일을 아주 어려워하는데 그래서 『싱커』의 세계를 근미래로 만들었다. 아주 고대로 가거나 먼 미래로 가면 새롭게 창조해야 하는 사물이 많아지기 마련이니까.

『싱커』에 나오는 각각의 공간을 상상하고 창조해내는 일은 재미있었다. 글쓰기를 시작하면서 처음 공부한 게 논픽션이어선지 타고난 기질인지 내 상상력도 세계에 대한 지식을 추구하는 즐거움에서 비롯될 때가 많다. 『싱커』 속 세계 '시안'은 어쩔 수 없이 현실의 세계를 닮아 있다. 십 년이 훌쩍 흐른 뒤 다시 이 책을 읽으면서 이 이야기들이 아직도 온전히 현재적이란 사실에 놀랐다. 인간이 만들어낸 기술은 인간 정신 그 자체보다 훨씬 빨리 발전한다. 비극적이게도 인간의 정신은 스스로가 만들어낸 기술을 따라잡지 못하고 있다.

그래도 지금 다시 읽어 보면 『싱커』의 세계 속에는 오래된 것들 속에서 꿈틀대며 새롭게 발아하고자 애쓰는 정신이 보인다. 이 소설이 부피에 비해 너무 많은 이야기를 담고 있지만, 그 여러 이야기들이 결국은 서로 연결되어서 다른 세계를 지향하고 있음도 봐주었으면 한다.

『싱커』를 쓰는 일이 즐거웠지만 한편으론 불안하기도 했다. 당시엔 청소년소설에 『싱커』 같은 소설이 거의 없었다. 게다가 나는 SF계의 토양에 단단히 뿌리를 내리고 성장한 작가도 아니었다. 이 책이 받아들여지지 않으면 어쩌지하고 두려울 때가 많았다. 다행히 도전에 열린 마음을 가진 좋은 출판사를 만나 책이 나왔고 십 년이 흐르는 동안 꾸준히 읽히고 있다. 감사할 따름이다.

2022년 1월

배미주

배미주 裵美珠

1969년 서울에서 태어나 부산에서 자랐다. 동아대학교에서 국어국문학을 전공했다. 지은 책으로 『웅녀의 시간 여행』 『천둥 치던 날』(공저) 『바람의 사자들』 『림 로드』 『신라 경찰의 딸 설윤』 『두 번째 엔딩』(공저) 등이 있다. 제3회 창비청소년문학상을 받은 『싱커』는 풍부한 과학적 지식과 상상력을 탄탄한 서사에 잘 녹여낸 수작으로 평가받았다.

싱커
배미주 장편소설

초판 1쇄 발행 • 2010년 5월 15일
개정판 1쇄 발행 • 2022년 1월 14일

지은이 • 배미주
펴낸이 • 강일우
책임편집 • 정소영
펴낸곳 • (주)창비
등록 • 1986년 8월 5일 제85호
주소 • 10881 경기도 파주시 회동길 184
전화 • 031-955-3333
팩스 • 영업 031-955-3399 편집 031-955-3400
홈페이지 • www.changbi.com
전자우편 • ya@changbi.com

ISBN 978-89-364-3458-8 03810